16	3	2	13
5	10	11	8
9	6	7	12
4	15	14	1

Esta obra foi selecionada pela Bolsa Funarte de Criação Literária

MARIA CECÍLIA GOMES DOS REIS

A vida obscena de Anton Blau

editora 34

EDITORA 34

Editora 34 Ltda.
Rua Hungria, 592 Jardim Europa CEP 01455-000
São Paulo - SP Brasil Tel/Fax (11) 3816-6777 www.editora34.com.br

Copyright © Editora 34 Ltda., 2011
A vida obscena de Anton Blau © Maria Cecília Gomes dos Reis, 2011

A FOTOCÓPIA DE QUALQUER FOLHA DESTE LIVRO É ILEGAL E CONFIGURA UMA
APROPRIAÇÃO INDEVIDA DOS DIREITOS INTELECTUAIS E PATRIMONIAIS DO AUTOR.

Projeto realizado com o apoio do Governo do Estado de São Paulo,
Secretaria de Estado da Cultura - Programa de Ação Cultural - 2010

Imagem da capa:
Desenho de Maria Cecília Gomes dos Reis

Imagens das pp. 14 e 26:
Paulo Monteiro

Imagem da p. 32:
Paula Lapolla, a partir de desenho de Paulo Monteiro

Imagem da p. 55:
Lucia Galvão

Capa, projeto gráfico e editoração eletrônica:
Bracher & Malta Produção Gráfica

Revisão:
Isabel Junqueira

1ª Edição - 2011

CIP - Brasil. Catalogação na-Fonte
(Sindicato Nacional dos Editores de Livros, RJ, Brasil)

Reis, Maria Cecília Gomes dos
R724v   A vida obscena de Anton Blau / Maria Cecília
Gomes dos Reis — São Paulo: Ed. 34, 2011.
136 p.

ISBN 978-85-7326-485-2

1. Ficção brasileira. I. Título.

CDD - B869.3

Sumário

Instruções para o leitor 11

A Barbearia Ideal — (Primavera) 15

O Edifício Olímpia na Praia do Emaú
ou O Livro de Samuel — (Verão) 57

O Jardim do Éden ou da Santa Casa — (Outono) 95

O Cemitério da Consolação — (Inverno) 119

Posfácio 133

A vida obscena de Anton Blau

Dentro da capoeira de onde irá a matar, o galo canta hinos à liberdade porque lhe deram dois poleiros.

Fernando Pessoa

Instruções para o leitor

A verdadeira experiência consiste em restringir o contato com a realidade e aumentar a análise desse contato.

Para alguns, o início está na respiração — abdicação absoluta dos movimentos voluntários em prol da receptiva pulsação do sistema de nervos vagos e muita oxigenação. Com sorte a alma plana fundo nas regiões de onde emerge uma espécie de umidade: a substância básica de tudo. Da alma, diga-se apenas que é isto a voar dentro de nós. A minha deita por ora no campo em que se desfaz em mim a alta construção dura e fechada, mantida limpa e fresca, mas onde assim e por isso mesmo reproduzem-se fungos sem cheiro. Há algo que se desmancha descendo para as camadas onde uma impressão suave modela sentimentos de frequências mais amenas. Aliás, a cegueira talvez seja uma condição compulsória com o corolário inexorável de fazer entender que não coisas individuais, mas algo de natureza continuada é o elemento do mundo — ainda que este tampouco seja conhecido pelas mãos, mas tangido somente no tecido disseminado da película involutória — percebido por uns como mero formigar e por outros como verdadeiro cintilar, seja como for, o sentido único é "estou aqui".

Assim talvez tenhas o lampejo de que sociedade é uma espécie de música sem palavras. A tristeza vem antes e mais doce do que a alegria, banhada em noite de lua e estrelas, e água nada mais é que sereno ou lágrima mansa sem qualquer espasmo. Remorsos vivem apenas em sua pré pré-história. Todos estão na região comum aos vivos e aos mortos, pois é a hora da primeira forma de solidão. Um passo atrás e ainda o tecido não existe. O sol brilha sem tocar peles. Virada do avesso, eu procuro então a luz fria e interna a qualquer pessoa e as impressões que ninguém está preocupado em descrever. A existência antes de qualquer emoção, a hegemonia de uma única percepção antes de qualquer dos cinco sentidos. Vida antes da vida, a vida apenas no coração, antes que o cérebro desdobre-se em mente — mãe das ideias cheias de histórias —, forma sem qualquer narrativa, precursora das três dimensões, quando a moral não se separou da maneira de estar: estética da postura. A fundo perdido minúsculas esferas de cristais giram num eixo imóvel, *ad infinitum*.

Eis o começo de máxima restrição e sabes exatamente do que se trata: estar aqui.

Fincada em seguida a possibilidade de uma primeira vista, és tu o nada a que isto se dirige. As palavras que lês talvez não se prestem ao pretendido, mas por certo saem daqui e tombam aí, diante dos teus olhos, como pedras sem sentido emparedando o desentendimento mútuo. Ainda assim, a área de onde vêm chamo "eu" e de mim retiro-te, ainda que osciles apenas, aí onde não estás.

Um instante sem fatos, eis o início forjado por mim, para ti, a Anton Blau.

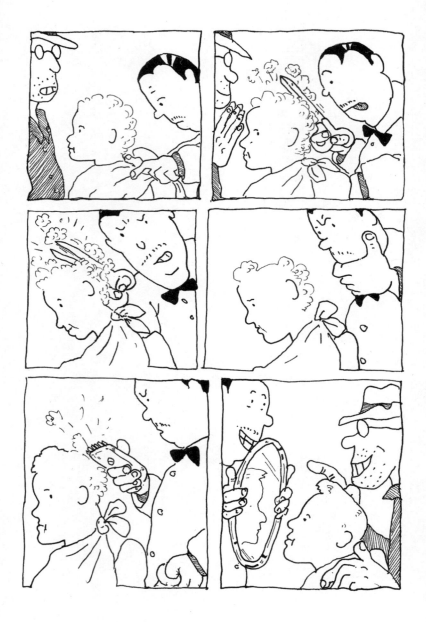

A Barbearia Ideal

(Primavera)

O tempo está claro como uma gota-d'água.

Sou o amigo imaginário da pequena Marta.
Marta é uma menina de cinco anos que mora no terceiro andar deste edifício. O prédio de três andares é a construção mais alta das redondezas. Do parapeito, o que ela sem saber vê da janela de seu dormitório é a zona norte da cidade, a morraria da Casa Verde e a várzea do Tietê. Nascida do centro, a avenida São João define com casarões ajardinados o limite urbano deste panorama. Por trás, bondes descem pela avenida Angélica desde o espigão da Paulista em via de paralelepípedos até a estação ao longe nas alamedas Nothmann e Glete — continuação da Martim Francisco, a rua onde Marta mora. Ali sempre rumina alguma engrenagem de ferro contra o salteado que chia na panela da cozinha. Os bondes que vêm da zona leste e das vilas Mariana e Clementino param na praça da Sé — um lugar que daqui não se vê — e na do Patriarca está o ponto final para o transporte cuja frequência mais selecionada vem do Pacaembu e de Perdizes.
    A avenida Angélica é basicamente residencial e na esquina com a rua Piauí fica o prédio mais antigo. Auro-

ra com carrossel de leiteiro, diários do comércio e da tarde, a delinquência máxima é a boemia da rapaziada com furto de um litro de leite ou de pães ainda quentes quando voltam por ali — depois de altas madrugadas —, é a época do corso e de lança perfume nos bailes de carnaval, do absinto na sala de visita e da cocaína manipulada em farmácias respeitadas.

Na área de influência do teatro São Pedro está o cinema de Santa Cecilia, bem na esquina da rua General Olímpio da Silveira com a Conselheiro Brotero. Dispõe de uma bonita sala de projeção com teto abobadado sustentado na pintura do painel de inspiração mourisca. Ao início de cada sessão pouco a pouco as luzes se apagam para o forro exibir a impressão exata de um cair da tarde, com direito a estrelas faiscantes desmaiando lentamente até o escuro completo: um espetáculo de iluminação que encanta Marta tanto ou mais que a propriamente dita exibição — em que a fita em preto e branco algumas vezes está titubeante. Mas Marta de qualquer modo é fascinada por aquilo tudo e ainda mais com o arremate do *frappé* de coco que costuma tomar na rua das Palmeiras sentada entre seu pai e sua mãe, numa mesinha do salão da Leiteria Elite, a melhor confeitaria do bairro.

Marta gosta de passar parte das manhãs ou das tardes na casa de sua avó, onde costuma passear pelo jardim com a meninota que toma conta dela. A casa está plantada num tabuleiro de quintal com canteiros esquadrinhados para os roseirais bem aparados, e o bem varrido calçamento de pedras preto no branco, perfeitamente assentadas em areia, que riscam um padrão escuro nas beiradas encardidas de terra. É um quintal em patamares que avançam geométricos segundo o aclive do terreno, semeados para produzir uma horta modesta para o consumo doméstico, que termina em encosta inculta em que se pode caminhar sob a sombra de jabuticabeiras. À medida que cresce, Marta começa a passear sozinha por lá e, à medida que pode, escolhe explorar sempre o lugar mais e mais a fundo. Esta é a casa de seu avô português, morto há muito tempo — dono de uma mercearia de secos e molhados.

Por parte de mãe, Marta tem três tios — Joaquim, João e José — que vivem sempre juntos, em jograis característicos e atitudes costumeiras — que só aos olhos de Marta parecem engraçados, mas não aos olhos adultos. Eles são homens feitos, mas parece que todos moram na casa de sua avó Julia, na rua Cardoso de Almeida. Descendem diretamente de gente vinda do Minho para o Brasil. João é o mais alto, o mais moreno e de bigode; tem uma única das orelhas em abano — como havendo para cada ouvido uma necessidade diferente — e leva os cabelos cuidadosamente pintados de escuro. Joaquim tem estatura mediana e uma careca perfeitamente penteada em linhas bem aradas de cabelo; usa óculos para uma altíssima miopia e oscila da eloquência ininterrupta ao silêncio sepulcral, num ciclo tão regular quanto o de uma lua. José é o mais baixo, o mais claro e o único que parece ter a barriga e a virilha plenamente satisfeitas, é risonho, gordinho e calado.

Algumas vezes Marta assiste ao jogo de bilhar dos tios, no porão, onde fica a mesa vestida de feltro verde. As bolas aguardam alinhadas e em formação triangular. Quando soltas abruptas para o início da partida rescendem um cheiro passageiro — polido e misturado ao de giz da ponta alisada dos tacos, variados em comprimento e em funções. Marta adora ver as jogadas em que tio João, com a mira cuidadosamente ajustada, faz uma bola espocar outra com precisão, e outra e outra, numa hierarquia de cores que ela desconhece, num traçado que ignora resultar de verdadeira trigonometria, culminando com o êxtase da preta na caçapa.

A Igreja Coração de Maria é a proprietária de inúmeros imóveis na rua Barão de Tatuí. Lá muitos dos negros e mulatos conseguiram moradia e por isso mesmo o lugar é chamado de porão. A passagem da escravidão para o trabalho livre e a imigração branca europeia têm impacto nas condições de vida da cidade. Urbanizar por ora significa disseminar padrões de higiene e de vigilância sanitária: erradicar as causas de doenças como febre amarela, varíola, cólera — algumas epidemias estão longe de serem esquecidas — e para isso é preciso reformular os costumes, redesenhar a moral. Deixada há pouco está uma prática comum de, às vésperas da morte, alforriar um escravo, ao qual só resta implorar cuidados a uma entidade mantida pela própria elite paulistana que dita suas decisões administrativas — a Santa Casa de Misericórdia — cuja responsabilidade pelo infeliz acaba apenas com o enterramento dele.

O século XIX está encoberto pelo tempo e mortos estão seus visionários. É gente como o artista-naturalista--inventor Hercule Florence — que vem, por exemplo, de Nice, interrompendo no Brasil uma viagem que pretende fazer pelo mundo. Integrante como desenhista da expedição do barão alemão e cônsul da Rússia Georg Heinrich von Langsdorff pelo Brasil central, ao lado do pintor Adrien Taunay — aliás, morto por afogamento durante o trajeto —, Florence faz registros de seu embevecimento pela natureza tropical em um diário reflexivo e minucioso sobre a fauna, a flora e a vida nas fazendas; até que o líder da *Expedição* é levado à loucura, pondo um ponto final na aventura iniciada quatro anos antes. Nada disso demove Florence de viver no Brasil — embora esteja cada vez mais desencantado com a paisagem humana do país. E ele se estabelece em São Carlos — a atual cidade de Campinas —, casa-se com uma brasileira, tem 13 filhos e torna-se fazendeiro de café. Solitário e afastado da sociedade europeia, Hercule Florence é o primeiro fotógrafo de fato no mundo, é o inventor da *Poligrafia* — impressão simultânea em várias cores — e da *Pulvografia* — utilização, para aquele fim, de poeira química colorante e suspensa no ar —, bem como do *Papel Inimitável* — um confiável substituto da moeda — e, numa escalada criativa, ele é ainda autor do incrível *Atlas Pitoresco-Celeste* ou *Teatro Celestial* — um compêndio de aquarelas para um pintor escolher o céu de suas composições — e proponente da *Ordem Palmiana* — introduzindo na tradição arquitetônica neoclássica a forma da palmeira para coluna, capitel e abóbada —, sem mencionar os projetos militares e políticos, as propostas para o transporte público e, por fim, sua utopia científica de obtenção do moto-perpétuo.

Mas os dias de Florence jazem enterrados.

Estamos em plena era dos dirigíveis, façanha do conde Ferdinand von Zeppelin com base nas concepções do engenheiro Schwartz, um austríaco: passar dos balões de estrutura flexível aos aeróstatos sob comando — as enormes aeronaves com armação rígida em alumínio para um gás mais leve que o ar, usadas para a mala postal e o transporte de passageiros em viagens de longa distância. A empresa Deutsche Zeppelinreederei (DZR), autorizada pelo governo brasileiro, passa a operar travessias transatlânticas à América do Sul.

O dirigível é o Hindenburg — LZ-129 (as iniciais de Ludwig, o assistente do conde, e a do próprio Zeppelin), com capacidade para cinquenta pessoas. Em sua imensa gôndola de 250 metros são oferecidos camarotes individuais, salões de jogos, bar, restaurante e uma passarela coberta para passeios panorâmicos.

Eis a fantástica aeronave que Marta vê no céu da cidade.

Neste dia, com autoridades a bordo — entre outros, os Srs. Schmidt Eiskop, embaixador alemão no Brasil; Arthur de Sousa e Costa, ministro da Fazenda; Gustavo Capanema, ministro da Educação; Souza Leão, representante do ministro das Relações Exteriores, e Trajano Furtado Reis, diretor do Departamento de Aeronáutica Civil, e também o almirante Aristides Guilhem, ministro da Marinha, e o general João Gomes Ribeiro Filho, ministro da Guerra — o dirigível sobrevoa São Paulo e envia um radiograma de cumprimentos ao Dr. Armando Salles de Oliveira, então governador do Estado.

Meu nome é Jamim, sou o amigo invisível de Marta. E a primeira a saber de minha existência é uma empregada antiga da casa.

A garota vai chegando com seus passinhos, vem vindo para a copa pelo longo corredor. Para de quando em quando para bulir nisto ou naquilo que esteja a um metro acima do chão — o vaso na prateleira-base da coluna repousado em toalhinha de crochê — mas avança em direção à copa numa costumeira onda de movimentos e gestos sem finalidade. O tapete no chão extremamente encerado é um verdadeiro escorregador, mas seu sapatinho apenas tropeça num arrebite do canto. Ela agora está quase chegando: não bate a testa na mesa do filtro, nem dá de frente com a porta alta e fina mas meio aberta da dispensa fazendo gargalo diante da geladeira.

A mulher está de costas voltada para a pia, mas os ouvidos se apuram para receber o solado de passinhos andando de lá pra cá. A torneira está aberta, agora fechada. As mãos são enxugadas no avental, um pano de prato molhado é esticado perto do fogão.

De cada lado da mesa dois bancos emparelhados aguardam a escalada. Num instante Marta monta e senta na ponta daquele que está voltado para a janela e começa uma divagação.

"A gente vê tudo do alto, eu e o Jamim; ele sobe por uma escada; pula da montanha e começa a voar."

A menina olha pela janela. Ela agora tem três anos de idade.

"O cavalo do Jamim fica aqui embaixo, mas ele leva um chicote."

Ela silencia por um bom tempo, mas mexe-se no assento e balança os pés, como se fossem pincéis querendo acertar no traço. O rosto voltado lá para fora. Um céu estriado opõe-se ao pôr do sol. A menina tem dois anos.

E conta a história de voz miúda, como que inspirada por um bordado minúsculo e doce.

"O Jamim pega uma mala pequenininha e vai embora."

Para quê a mala, Marta?

"Ele vai viajar."

Quem é o Jamim?

A fantasia estimulada bebe aquela onda nervosa, mas a menina interrompe abruptamente: ainda não aprendeu a se confessar. Marta faz seis anos de idade. Os cantos de sua boca estendem-se fazendo o rosto saliente. Ela é a cara de sua avó. Silêncio. O lábio elevado, a menina pensa longamente e vem o tédio, mas por pouco tempo. Agora pensa de novo e pensa bem, diz.

"Jamim... é o Jamim."

Para onde ele vai?... Marta, para onde ele vai?... De onde ele vem?

Marta tem os olhos voltados para o alto da janela, em que a empregada vê um sinal de devoção. Agora ela corre desinteressada da conversa.

A empregada entende que se trata de um anjo do céu.

Assim como a chupeta é bem-vinda, mas em pouco tempo todas as pessoas — exceto a criança — querem vê-la pelas costas, o mesmo sucede comigo. De quando em quando, a pequena Marta fabula os episódios de Jamim com pequenas tiradas espirituosas que deliciam seus pais, divertem avós ou espantam as visitas. Mas aos poucos o costume da menina inquieta os adultos e perde toda a graça. Quando o amigo é mencionado, já tem outro nome — algumas vezes não é mais Jamim, mas Jamil, como o filho de um turco que mora na mesma rua —, vem envolto no pó da apreensão e é por bem que o tempo o encobre e me faz hibernar.

Nascido como amigo imaginário de uma menina, tal qual a mentira, a assinatura falsa, a dívida e o cheque sem fundo, eu também — a invenção doentia que sou — permaneço um eliminado da realidade tão logo deixe de ter qualquer utilidade. E se alguém pede minhas credenciais, a menina responde muito bem: sou quem eu sou, pois ela não faz qualquer ideia de mim — nem pode. Sou o que bem entendo ser, e não dou garantias. Sou o arbítrio, o sem regra, o coloquial "sinta-se à vontade" e a indefinição deliberada. Sou o imperativo "isto não é da tua conta": diante de qualquer pergunta, a primeira e última resposta. Sou a onomatopeia, o vu do rápido deslocamento de ar provocado pela ação súbita de fazer o que há muito está decidido, como o arrumar de uma gaveta. Sou prático tal um deus portátil e ligado a território nenhum, sou o outro separado e livre que acompanha o homem errante — nem pastor, nem lavrador, um mercador. Sou o ponto de fuga e tudo o que importa ao andarilho e ao homem só que precisa da proteção de um elohim: sou o lume e candeeiro, sou fósforo e vela. Porém venho sempre com a suspeição de ser falso e enganador — o plágio, a falcatrua, o golpe — sou o inautêntico, o não original, e trago o estigma do que é comandado por volúpia sem razão. Nos corpos, sou o fruto que a medicina quer erradicar — a loucura fisiológica, a deformidade motora, a demência de um rebento da sífilis, o quase sufocado pela vergonha — os narizes imensos, as orelhas de abano, a alta miopia, a convulsão.

No lugar que ocupo, jazem comigo todas as alternativas preteridas ou falhas do mundo. Sou o debaixo do tapete da vida, o depósito em que o rejeitado aguarda a extinção — pois para cada trecho realmente articulado corresponde um universo inteiro de dejetos, tentativas frustradas, episódios abortados na imaginaria do mundo. É o amontoar-se incessante de momentos trazidos pelo ralo da desarticulação. São instantes sem qualquer chance de se organizarem no tempo que repousam aqui como lâminas de nada em pleno caos. Venho do ventre de atos estranhos às artimanhas do sucesso. Pai de ideias insuportáveis e do sentimento que é preciso esconder, sou uma tentativa decerto falha de dar voz ao infortúnio buscando uma história para contar.

Habitam o meu mundo os ideais mais puros e sonhos tão elevados que nunca acontecem, visões sublimes e pessoas de integridade incorruptível, imagens inconcebíveis e tão penetrantes que nenhuma inteligência há de ter. São cristais puríssimos que só a imaginação humana vê, fugazes como bolhas de sabão, esmagados pelas pedras que empilham o tempo.

A vida prejudica a expressão da vida.

Que se chame este lugar de mundo obsceno: os sinais para a imaginação de Anton Blau estão todos aqui.

Cores para um rosto

Tons para uma pele humana:
1. Pérola absoluta
2. Branco da porcelana
3. Creme da faiança
4. Bege da areia tropical
5. Brunido da noite, do sol da manhã, da tarde e assim por diante
6. Castanho acobreado
7. Marrom café bom bem torrado
8. Petróleo oliva do oriente próximo, médio e distante
9. Preto lazúli de um rei africano

Matizes para uma íris de olho animal:
1. Azul profundo
2. Celeste aberto
3. Anil aguado
4. Cinza-argilado
5. Mel-esverdeado
6. Verde-oliva
7. Turmalina molhada
8. Castanho da bosta
9. Cor de jabuticaba

Cor de cabelo com a respectiva textura:
1. Amarelo-palha liso e fino
2. Trigo dourado liso e grosso
3. Louro alaranjado fino e ondeado
4. Ruivo escuro grosso e cacheado
5. Sarará
6. Castanho fino e liso, grosso e liso
7. Escuro crespo ruim penteável, ruim não penteável
8. Infinitos tons do preto ao branco
9. Prata absoluta

A fortuna lança pedras e sementes nos dados naturais, o homem espalha com os dedos o estrume de suas opiniões: assim segue a humanidade em seus passos claudicantes. Todos nós afloramos de uma combinação exata de linhas esboçadas por genes e traços morais que se polinizam ao longo dos tempos, produzindo, geração após geração, frutos da conjugação bestial e efêmera de certo homem e certa mulher. Das predisposições de saúde e conduta — a asma, o cacoete, um par de olhos muito juntos como um trema no dorso de um nariz —, *a vaca branca sempre aparece*, diz um mestre de genealogias.

Pois assim também, do remoinho do tempo, surge Anton Blau — a mais bem-acabada encarnação de mim mesmo. Dia sobe e noite vem, ele continua um morador do terceiro andar deste edifício em Santa Cecilia. De sua janela o que vê é o jardim da Santa Casa de Misericórdia. Lá estão dois Alfaneiros sob uma Tipuana. Os troncos escuros com sulcos na casca listrando verticalmente o dorso coberto por líquens em vários tons de verde são indiferenciáveis, exceto pela persistência da Tipuana em alçar-se vigorosamente para cima e abarcar em um patamar bem mais elevado toda a extensão daquelas duas copas menores. Os Alfaneiros estão podados de maneira errante, como a evitar que danifiquem a fiação cortando aquele ângulo do jardim em direção a um poste. Hoje exibem milhares de sementes em cachos espetados como pontas de lança: minúsculas esferas leitosas dão à copa estuprada a tonalidade do creme de abacate.

Anton revira na cama tombando de lado o corpo surdo que o faz despertar de uma noite sem sonhos como a morte. Peido longo e sonoro. Do lado oposto, a cartilagem de sua narina obstrui-lhe a respiração e ele levanta. A cabeça pesada, a boca seca, mas do canto um filete de baba grossa desce até o queixo úmido. Tocos de barba pontilham de preto e prata a parte meridional de seu rosto, os poros dilatados da pele aqui e ali exibem protuberâncias purulentas. O hálito fermentado que expira tem o odor das comidas que se estragam e das amídalas infeccionadas. Anton sente o peso dos membros e a tendência com que pendem à parte, alargando em seu peito a falta de forças que torna penosa a coordenação dos movimentos. Carente de determinação, desloca o conjunto de si mesmo em direção a cozinha. A garrafa adormecida está na mesa. Um dedo de água repousa no copo e lembra uma azia noturna, mas ele o completa e bebe de uma vez. A garganta emite uma vogal longa de breve saciedade, e os vãos entre os dentes plantados em uma gengiva cada vez mais cavada fazem de seu gemido uma espécie de assobio. O desconforto difuso há de continuar ali descontando de Anton a antiga vocação de não sucumbir à repetição rotineira. Ele se vê imerso no atoleiro das tentativas falhadas de não encalhar. O ambiente resultado disto tudo para si mesmo é apenas um constante mau humor. O cheiro que sobe de seu corpo é familiar e uma película gordurosa e fria cobre-o por inteiro. O cabelo longo é especialmente ralo no topo como uma promessa convincente de calvície.

 Na estante de livros há uma prateleira feita de aparador sobre a qual uma bandeja de garrafas vazias homenageia o seu renitente e pesado consumo de bebida alcoólica. Formam uma esquadra de diversas alturas e cores, selecionadas para compor uma instalação inócua e deprimente que depõe sobre seu hábito doentio de exagerar a importância de coisas banais quando está alto. É uma obra genuinamente sua.

    Hoje, Anton é um anão sentado no ombro do antigo gigante de si mesmo. E o gigante no qual está assentada aquela pífia existência — pífia, porém inteira —, é nascido de uma pequena desonra, mas criado num jardim de alguma riqueza e boa fortuna, crescido, aliás, no matagal dos próprios vícios. Começo por uma história dedicada às duas mães de Anton Blau.

    É verão e uma menina completa quinze anos quando surge por ali um rapaz seco e moreno como um bicho-pau, que se emprega de garçom numa pensão da redondeza. E assim como entre os *ortópteros* é comum encontrar-se um único macho entre milhares de fêmeas, com as gerações se sucedendo e a reprodução acontecendo praticamente sem a presença efetiva do sexo masculino, do mesmo modo com a menina comum entre outras igualmente comuns, num momento fugidio, a resistência de um moço é rasgada e dá-se uma fecundação: saliva em pescoço sugado, bico do seio intumescido e algum esperma depositado na porta da vagina escorrendo entre coxas alvas. O macho desaparece para sempre e o ovo fertilizado fica por um fio. A menina chora às escondidas, pensa todas as maneiras de despachar aquele fardo. Por falta de repertório, enrola-se em faixas cada vez mais apertadas, enfiando a barriga de volta para dentro até que vinte dias antes do desfecho revela à mãe a barbaridade. O rebento nasce em casa, no equinócio da primavera, pelas mãos de uma parteira cabocla. A avó pega o neto nos braços, limpa-lhe o corpo lambuzado de sangue e mecônio, veste-lhe uma camisinha pagã costurada pela própria filha às escondidas, improvisa-lhe fralda e cueiro com um guardanapo de algodão e um pano de prato limpo. Faz o sinal da cruz na testa da criança, embrulha-o no próprio xale e sai com ele rumo ao desconhecido. O filho do qual a mãe se separa nas primeiras horas de vida faz-se enterrar na alma dela para brotar do nada no domicílio de uma certa Dora, recém-viúva de um sujeito conhecido por Günter Wlaus, entregue a essa senhora pela avó do recém-nascido, que trabalha ali, mas de onde se demite no mesmo instante e desaparece.

Nem feia nem bonita, mas cabalmente liquidada, a fêmea recém-parida volta com a mãe para o interior, onde está o resto da família trabalhando na roça. Dali em diante, todo macho que se aproxima afasta-se dela voando, ciente sabe-se lá como de que dali o pouco a retirar de alguma maneira há de vir extraviado. A pele alva da menina é morena na mulher e de um amarelo que vai se esverdeando na velhice. O abdômen torna-se amplo, enorme, embora no quadril preserve o encanto do único florescimento da juventude. Entre a roça e a casa materna, assim vai ela, até o último de seus dias.

Dora por sua vez é estéril, pouco letrada, mas rica. Ama a criança como ninguém. Decide registrá-la como filho legítimo — quer dar-lhe o nome de quem é o alvo de seu ardor, mas com o sobrenome do finado marido — e o menino é batizado: Antonio Bento Wlaus. Porém o escrivão, em seu último dia de trabalho naquele cartório e prejudicado por uma recente isquemia, grafa-o no Registro Civil simplesmente como Anton Blau.

A história de Dora, sobretudo no aspecto, faz lembrar a de um grande número de insetos *hemípteros*: todos têm em comum os três tarsos articulados, a tromba inserida no lado inferior da cabeça ou dobrada sobre o peito, uma cabeça de formato peculiar, truncada na frente e com uma parte anterior intumescida mas adornada no alto por três ocelos. O inseto só aparece no calor, desova em galhos secos que corta com sua espada largando na fenda pequenos ovos enfileirados, e carrega a má reputação de ser nocivo à agricultura, em particular aos cafeicultores. A ninfa pode levar dezessete anos para evoluir, mas a espécie adulta vive pouco e o casamento se faz às pressas, momentos antes da morte. A larva é amarelada, tem a aparência de uma enorme pulga, e vive embaixo da terra sugando raízes. Quando por fim emerge, finca as unhas na casca da árvore de que se nutre com uma quantidade enorme de seiva — algumas dessas árvores chegam a definhar e morrer —, sai da pele, que apenas se fende nas costas e deixa intacto o molde perfeito de seu corpo de inseto adulto. A cigarra do cafezal na verdade não canta comprido, mas tosse. O único remédio aconselhável é a aplicação de formicida.

Do mesmo modo, Dora tem o tronco curto e compacto sobre pernas finas. Não exatamente como as chamadas mulheres búfalo — com nádegas secas e o torso avantajado por costas e peitorais verdadeiramente gigantescos —, mas simplesmente baixa, quadrada, e erguida sobre bases frágeis. Compensa a aparente desvantagem com penteados altos, minuciosamente eriçados e fixados em dois grandes gomos com laquê ou outros adereços duvidosos de cabelo, e ainda com os sapatos de salto alto.

Amante por muitos anos de um fazendeiro, do qual definha em pouco tempo o pequeno patrimônio de terras quase roxas em Bariri, e agarrada como sempre em algum tronco, Dora faz em seguida seu marido outro hospedeiro, o próspero Günter Wlaus, um comerciante de laranjas. E os eventos culminando no matrimônio de Dora em toada benigna, encadeiam-se assim.

É uma época em que o atlas caduca e as fronteiras na Europa Oriental estão mudando com o fim da Primeira Guerra. Os países ajustam-se para dar vazão a povos subjugados há séculos por potências agora derrotadas: novos Estados são criados com pedaços de impérios liquidados; os já existentes e alinhados aos vencedores expandem territórios. Enterrados estão os séculos em que os primeiros hebreus são expulsos da Península Ibérica ou estabelecidos no coração da Europa. Agora ondas de judeus — e uma delas muito influenciada por ideais socialistas — emigram para a Palestina, segundo os decretos e a restrita permissão britânicos —, e muitos deles estão dispostos a refugiarem-se lá a qualquer custo. Década e anos se passam, até o momento em que a economia mundial vê-se estatelada por uma crise gigantesca iniciada na bolsa de Nova York. A política tende para as mãos armadas de ditadores. Mas, assim como as formigas, que não importa o que esteja acontecendo na cozinha nunca param o leva e traz para o abastecimento do formigueiro, do mesmo modo e neste mundo, os negócios de Günter vão firmes e fortes num vai e vem pelo Atlântico: comprar a laranja que os pequenos produtores ao longo da estrada de ferro Sorocabana lutam por vender a qualquer preço, e exportar para a Europa por meio de uma pequena firma inglesa de representação comercial.

E por tudo isso, Günter resolve permanecer parte do tempo em Santos para fiscalizar de perto o embarque e desembarque do seu produto. Os lucros aumentam e ele — um solteirão sem maiores responsabilidades nem herdeiros — compra então o melhor apartamento do edifício Olímpia, na praia do Emaú. O amor e os cuidados de Dora por Günter junto a tanta prosperidade crescem a olhos nus. Do alto da bem-aventurança material e longe na maior parte do tempo do desencantamento de Dora — um fenecimento que Günter percebe apenas por um leve murchar dos lábios maiores e menores e pelo ressecamento da mucosa na qual se introduz de várias maneiras em noitadas paulistanas regadas a absinto —, ele toma do pacote inteiro que a fortuna lhe oferece e com as mãos cheias despacha-o junto à lida da utilidade sem risco. Günter sinceramente mal não vê em amasiar-se e colocar Dora de uma vez para dentro de casa, diminuindo o gasto com o *rendez-vous* da Martins Fontes e aumentando o controle sobre os serviços da própria empregada — e assim o faz. Mas chegado o momento em que urge ampliar o número de compradores, Günter pondera, reflete, e constata que o melhor é ir para a Inglaterra fazer ele próprio alguns novos contratos.

Da parte de Dora, contudo, a simples ideia de uma Europa remota e difusa, somada ao temor de um abandono absoluto em nada impossível da parte de um homem propenso a ausências financeiras e mentais, provoca nela um desejo cujo ardor, por sua vez, cria a imperiosa necessidade de garantir-se com um bom casamento.

Fixada a ideia na mente e alojada a mente naquela natureza complexa — em que *o comportamento é por igual voluntarioso, mas jamais coloca na base do próprio caráter qualquer ideal mais duro e moralizador do mundo* —, os planos vão sendo urdidos com cuidado. Dora não teme alongar-se nesta etapa, pois sabe que é a mais importante: os cálculos requeridos são meticulosamente feitos, mas, por ironia, como que para escravizá-la justamente naquela verdadeira obsessão. Diferente dos homens de ejaculação precoce cujo fruto nem sempre germina, ela tem muitos planos, mas só os ejeta para a realidade quando são grandes as chances de sucesso.

Primeiro, parece evidente a Dora que deve morar em Santos. Conseguido este pequeno movimento no complexo tabuleiro de sua vida e apenas no fluxo normal dos acontecimentos — levado é bem verdade no vai e vem de argumentos difíceis, agravado por gestos de completo desatino e acelerado depois com choros e lamúrias incessantes — e, por fim, no alarme de ameaças terríveis, Günter vê-se cercado pelos laços inexoráveis do matrimônio, apertado numa inevitável cerimônia civil e encurralado com um testamento lavrado em cartório. E assim como a formiga encaixa sua boca no cu do pulgão para que ele lhe secrete uma gota de glicose, do mesmo modo termina bem o eterno desencaixe entre Dora e Günter: o marido parte aliviado e deixa para trás uma esposa doce, satisfeita e — queira deus — fiel. Porém faz o destino com que, em questão de meses, a Europa entre novamente em guerra. Chega enfim o dia em que uma campainha toca. Dora é comunicada com grande pesar por um telegrama da embaixada brasileira do recém-falecimento do recente marido. As circunstâncias de tal desfecho não vêm ao caso: toda conquista impõe algum sacrifício que nem sempre é levado em conta de início.

Rica, mas de humor avinagrado além do luto no vestido, Dora traz agora na fisionomia uma espécie de tromba incrustada no próprio torso. Mais do que a dor e a perda, a carranca parece feita segundo o figurino do remorso e da infâmia. E é justamente a infâmia da própria história aos olhos de si mesma o que modela no rosto de Dora uma mui apropriada cara de cu, por assim dizer. E é com uma cara deste tipo que a fumante inveterada Dora — denunciada pelo timbre de barítono de sua voz, entremeada por estertores de catarro — arrasta, entre cigarros e cafezinhos, o peso dos dias numa rede de pequenas intrigas sobre a gente do bairro, embalando de seu apenas um grande ressentimento: o de não ter podido parir outrora um filho para lhe fazer companhia.

Bem vê o homem sábio que *só na personalidade está a vida e que toda personalidade se apoia num fundamento obscuro*. A árvore da genealogia de Dora é turva, nebulosa, e não só por muita fumaça de cigarro. Em sua identidade dissemina-se, patente e claro, o ramo rastejante e muito bem remunerado das putas de boca quente, propagando-se na mulher — apesar de recoberto mais e mais com a terra do tempo — forte como a serpente que se enrola num tronco, apertando o garrote desta distinta senhora. Aliás, o passado costuma trazer visões fantasmagóricas saídas de um mar íntimo e coberto de brumas em que boiam aparentes insignificações — nomes esquecidos, rostos fugazes, fiapos de conversas intrigantes, asserções acompanhadas de vergonha, de ira ou de indignação. Mas deste mesmo mar brotam ainda as justificativas e as explicações, tudo de que tratam enfim as narrativas feitas a si e aos outros. E como os soluços, assim também para Dora a moça de outrora ressurge: abrupta e de súbito, ou em longas noites de insônia — a folhinha com a posição diária pela qual é enrabada ao gosto do freguês, ela, a maior, a melhor e a mais bem remunerada aplicadora de boquetes do bairro —, e, ainda que jamais engolida pelo tsunami do indigesto passado, na vigília a madame experimenta a constância de sensações incongruentes — os simultâneos calor avassalador e pavor gélido —, a turbulência da culpa, a pendência de um julgamento moral sem decisão, a tontura do próprio caráter. E no esquenta-esfria da fisiologia feminina e no tormento da inconsciência, a vida de Dora escoa-se modorrenta até os anos de ouro com o menino adotado, e por fim o óbito por alegada pneumonia. No bairro, corre solto um boato do envenenamento dela, motivado por vingança de um antigo desafeto: o ódio muita vezes aproxima o que os dias se esforçam para separar. *O monstro imanente nas coisas tanto se serve — para o bem ou o mal que lhe são, ao que parece, indiferentes —* da disseminação do *streptococcus* no pulmão ou da disseminação do ódio e do ressentimento no coração: o *streptococcus* ataca e mata uma mulher, o ódio e o ressentimento *armam um braço, e o braço mata uma mulher. Assim é o mundo, monturo de forças instintivas*, diz com muita propriedade um escritor.

De qualquer modo, aos doze anos de idade, Anton vê-se órfão e rico: dono incapaz da carcaça vazia no momento mesmo da inexistência de sua mãe. Que se faça um tutor — afinal, é o que exige a letra da lei. Antes, um passo atrás: narre-se a luminosa infância de Anton Blau.

Enquanto viva e dentro de suas parcas possibilidades espirituais, por assim dizer, Dora prepara o garoto para uma existência de ouro. O BNH, por um lado, lança a utópica ideia de que todo brasileiro tem direito a uma casa própria, e os investidores ficam ainda mais interessados em moradias, seja para vender, seja para alugar. Pois bem, um engenheiro com recursos escolhe e compra um terreno, faz ele próprio o projeto e por fim constrói sobrados geminados de dois ou três quartos em Higienópolis. O Antonio por quem Dora tem verdadeira paixão é funcionário da Caixa Econômica Federal e a aconselha a vender a casa herdada — uma imponente mansão da avenida Angélica — e comprar uma menor, alugar de vez em quando o apartamento de Santos para ter uma renda extra e guardar o restante dos recursos no banco. É o que ela faz. E assim, numa época em que muitos de seus futuros colegas de escola moram em pensões, o filho adotivo e a mãe viúva (porém financeiramente amparada) vivem em uma casinha, recém-construída pelo Dr. Jorge Malta, na encantadora vila que é então a rua Colina.

As lufadas do modernismo ventilam algumas (poucas) mentes atuais, em círculos interessantes, escandalosos até. O concreto armado está sendo empregado no Brasil na sequência das estruturas metálicas — o gabarito para os prédios sobe para oito, dez andares — e os arquitetos fazem projetos sem a menor preocupação com as estruturas que sustentam seus prédios, causando indignação nos engenheiros. É uma época de concorrências para grandes obras públicas — palácios de governo, embaixadas, universidades, e também paços municipais e monumentos. A ideia agora é que a casa deve ser uma máquina de habitar. Pequenas experiências da nova concepção de moradia pipocam por áreas menos nobres da cidade. Mas ainda está por vir uma apropriada reação contra a indumentária europeia tão inadequada à sociedade tropical, com seu projeto de blusão e saiote para homens — muito superior à bermuda, por sua ampla forma de ventilação.

Estamos na era dos aviões da Panair e das missões de etnólogos estrangeiros.

O governo promove agora uma expedição pelo alto Amazonas e alto rio Negro através do Serviço de Proteção ao Índio, com equipes de médicos e enfermeiros, mas também de fotógrafos e cinegrafistas — em geral são aventuras em que cada um deles perde ou quase perde a vida por mais de uma vez. Trata-se de uma longa viagem no período da seca pelos rios Camanaú, Demini e Tototobi — cuja nascente fica quase no Orinoco — e a finalidade é estabelecer novo contato com os índios waimiris, e seguir em marcha floresta adentro rumo à nação xirinã, por trilhas que homem branco nenhum vê e só um índio enxerga, entre árvores de quarenta metros e nuvens de mosquito que trazem junto moléstias como a disenteria e a malária.

É neste panorama arejado que tem início a escalada da boa fortuna para Anton Blau. Embora os anos passem em meio a muita ação, eventos mais ou menos rotineiros, acidentes e corre-corre, a vida quando olhada à distância é como o caminhar em nevoeiro — e raramente algo é visto com nitidez: os faróis traseiros de um carro, uma árvore, um bosque sob um pedaço de céu desanuviado, um cachorro atropelado no acostamento. E assim também se passam as efemérides na infância de Anton Blau — uma narcose prolongada, com picos de recordação, alegria e susto. Quando ele está com quatro anos de idade, "a cobra acaba fumando" — o Brasil entra no conflito mundial. A Segunda Guerra é um evento longínquo, percebido apenas pelo racionamento de farinha de trigo nos dias do pão de macarrão, mas é maravilhado que Anton vê a farda dos soldados enviados à Europa — os Pracinhas — num tolo entusiasmo nacional. Com sete anos de idade, entra na Escola Nossa Senhora das Graças, em frente à Igreja de Santa Terezinha. Já no aniversário de oito anos, a conversa gira em torno da tragédia de Beatriz — uma amiga de sua mãe que morre afogada em Petrópolis depois de um acidente de bicicleta. A primeira moeda por serviços prestados Anton ganha por sua vez com os nove anos completos: carrega a sacola para a mulher de um juiz, da praça Buenos Aires até a casa dela, na rua Rio de Janeiro. Com dez anos de idade recebe a primeira medalha pelos feitos em natação. O menino aos onze anos constata que a sorte é rara, mas vem em pares — bem como a desgraça —: o marido de dona Yolanda, a vizinha vistosa de chapéu rabo de galo, compra um carro novinho em folha, e recebe de brinde um cupom com o qual ganha ele próprio outro carro zero quilômetro. Por fim, chega a primeira nuvem grossa de mau tempo: aos doze anos, em plena festa junina, Anton cai, lasca o dente da frente e chora como um fim de mundo. E, enquanto isso, Dora é levada ao Hospital São Camilo com febre altíssima e muita falta de ar. Dois dias depois, a mãe está morta e a vida do menino prestes a mudar substancialmente.

A vida de qualquer um progride à base do incidental. Os acontecimentos essenciais e as ações principais são esparsos — nascer, entrar para a escola, perder um dente, ganhar no jogo, ficar seriamente doente, receber uma punição dolorosa, copular, começar a trabalhar —, marcos excessivamente gerais. Permanecem vagos na rotina miúda, composta de tantos acessórios. É impossível pensar o tempo sem um agora. E o agora, por sua vez, é sempre um campo de visão externa ou interna de um sujeito particular.

Assim, se a infância em geral é vivida entre neblina e cumes de recordação, a adolescência de um garoto vem envolvida em sombras e pequenas dissimulações — sem grandes picos, seja lá do que for, mas com espasmos reservados de gozo e estranhas apreensões públicas (ou vice-versa: apreensão reservada e espasmo público). Por ora, ao estranhamente afortunado Anton é dado viver a infância expandida dos meninos/atletas entre mimos em casa e destaques no clube — na piscina e nas quadras. Primeiro, ele se sobressai num evento mirim de natação — e vê Dora antes de morrer transformar-se em verdadeira coruja, com seu bico desagradável e uma maneira indecente de torcer pelo garoto. Anton projeta-se ainda com outra medalha inesperada, depois por um primeiro lugar, excelente desempenho na pista de atletismo... E, aos poucos, está aprumado na mais alta posição do pódio no Clube de Regatas Tietê. Morta a mãe — muito feia e amargurada —, o tempo parece ainda mais claro ao seu redor, e no pano de fundo de tanta gente boa, o menino vai ganhando corpo e vendo-se equipado para conquistar a vida.

Em pouco tempo está evidente que o corpo de Anton é muito bem formado — não se parece com o pai e é completamente diferente da mãe... não se sabe bem a quem ele sai... não importa: o menino é lindo. Seja como for, Anton é mais alto, esbelto, e mais taludo que Günter, e nada tem a ver com a mãe. Embora da Igreja Católica Apostólica Romana, Dora tem um olhar espírita e turvado por um sem número de encarnações. Anton por sua vez tem o tipo de rosto bem esculpido e revelador de uma alma que funciona bem, com olhos espertos, vivos e escuros. O olhar do menino é tocante e eficiente — olhos que aprendem cedo e não se sabe onde o melhor instante de se derramarem manhosos em dengos quentes. De tão manhosos, é como se Anton tivesse azuis os olhos que opera tão bem... Um olhar que dispensa palavras e faz o mirado envergar-se para dentro com uma pequena estocada de sua luz. O moleque ainda não tem ideia de como isso facilita a vida: por ora percebe apenas a utilidade de olhos invasores de intimidade e simuladores de desinteresse — o olhar que finge não querer pois sabe que é tão querido.

Na base de tudo isso e em camadas de constância, a mãe aos poucos se consolida como fervorosa beata levando o menino sempre à missa — incluídas aí a inesquecível primeira comunhão, com pães de toda ordem, inclusive o espiritual que não se pode morder. O garoto adapta-se bem à ciranda católica do pecar primeiro, depois mostrar-se sinceramente arrependido, da possibilidade de perdão mediante um pequeno pedágio — um castigo indolor ou uma irrisória privação —, do direito de ter novamente o coração leve mediante a confissão e a prece: dívidas quitadas, ânimo zerado e o conforto de que eventuais erros futuros são sempre justificáveis por uma falha original, que no fundo não é culpa de ninguém. Tudo isso permite a Anton de tempos em tempos um relaxamento que combina bem com seu temperamento muito suscetível a qualquer tipo de pressão. Mas logo, logo o menino já não pede mais a benção da mãe e no íntimo de si admite que não é tocado pelo sacramento da comunhão — nada sente além da estranha vontade de rir controlada por um senso de pudor.

Nos alicerces de sua vida está também o costume de passar as férias de verão com a mãe no apartamento de Santos, Anton desabrochando aos olhos de Dora na promessa de grande nadador. Para ele, a época é de olhos interessados por corpos tomando sol estendidos na areia e dos banhos de mar, esteja quente ou não. Na memória de filho estão os altos de temporadas com o céu aberto. Mas há também lembranças envolvendo amigos bissextos, com o tempo frio, nos feriados de Finados ou de Semana Santa, enfiados no quarto e entregues às cartas de baralho que entram cedo e para ficar na vida dele — primeiro com o rouba monte, depois com encarniçados campeonatos de buraco e, já adulto, com o pôquer a dinheiro toda quinta-feira com uma pequena gangue de amigos.

Por fim há ainda um fio de intercâmbio familiar entre a mãe e a madrinha de Anton — Edla, a irmã de Günter Wlaus, quinze anos mais jovem que ele, professora em Florianópolis — num vai e vem de cartas, com o rompante das visitas anuais nas festas de Páscoa e do Natal e algum empréstimo bissexto em dinheiro de que ele ouve falar. Assim segue tudo na santa paz: uma vida continuadamente feliz entre a vizinhança na rua Colina com os cumes de alegria de qualquer menino. Até Anton deparar-se com o dramático falecimento da mãe.

Vem o começo de uma nova era. Primeiro, há o rodízio do pequeno órfão pelos lares da rua — um mês na casa de dona Yolanda e outro na de dona Bijuca, grandes amigas de sua mãe —, até que a madrinha arrume a mudança definitiva para São Paulo. Por trás da máscara terrível da morte, o destino contudo insiste em sorrir para Anton: amplia um bocadinho o círculo que se volta para ele e o cobre de atenções, obtém um pequeno privilégio na escola e fica com a firme impressão de que, não importa o que faça, é sempre chamado de meu anjinho, meu amor, coração, meu docinho de coco e meu zóinho de jabuticaba. A verdade é que o falecimento da mãe de algum modo faz bem ao filho, por mais duro que seja reconhecê-lo.

Eis quando chega o período em que Anton se torna oficialmente tutelado, em absoluta obediência à lei.

CÓDIGO CIVIL BRASILEIRO (1916)

Título VI
DA TUTELA, DA CURATELA E DA AUSÊNCIA

Capítulo I — DA TUTELA

Seção I — Dos Tutores

Art. 406. Os filhos menores são postos em tutela:
I — falecendo os pais, ou sendo julgados ausentes;
II — decaindo os pais do pátrio poder.

Art. 409. Em falta de tutor nomeado pelos pais, incumbe a tutela aos parentes consanguíneos do menor, por esta ordem:
I — ao avô paterno, depois ao materno, e, na falta deste, à avó paterna, ou materna;
II — aos irmãos, preferindo os bilaterais aos unilaterais, o do sexo masculino ao do feminino, o mais velho ao mais moço;
III — aos tios, sendo preferido o do sexo masculino ao do feminino, o mais velho ao mais moço.

Art. 410. O juiz nomeará tutor idôneo e residente no domicílio do menor:
I — na falta de tutor testamentário, ou legítimo;
II — quando estes forem excluídos ou escusados de tutela;
III — quando removidos por não idôneos o tutor legítimo e o testamentário.

Seção IV — Da Garantia da Tutela

Art. 418. O tutor, antes de assumir a tutela, é obrigado a especializar, em hipoteca legal, que será inscrita, os imóveis necessários, para acautelar, sob a sua administração, os bens do menor.

Art. 419. Se todos os imóveis de sua propriedade não valerem o patrimônio do menor, reforçará o tutor a hipoteca mediante caução real ou fidejussória; salvo se para tal não tiver meios, ou for de reconhecida idoneidade.

Art. 420. O juiz responde subsidiariamente pelos prejuízos que sofra o menor em razão da insolvência do tutor, de lhe não ter exigido a garantia legal, ou de o não haver removido, tanto que se tornou suspeito.

Art. 421. A responsabilidade será pessoal e direta, quando o juiz não tiver nomeado tutor, ou quando a nomeação não houver sido oportuna.

Seção V — Do Exercício da Tutela

Art. 422. Incumbe ao tutor sob a inspeção do juiz reger a pessoa do menor, velar por ele, e administrar-lhe os bens.

Art. 423. Os bens do menor serão entregues ao tutor mediante termo especificado dos bens e seus valores, ainda que os pais o tenham dispensado.

Art. 424. Cabe ao tutor, quanto à pessoa do menor:
I — dirigir-lhe a educação, defendê-lo e prestar-lhe alimentos, conforme os seus haveres e condição;
II — reclamar do juiz que providencie, como houver por bem, quando o menor haja mister correção.

Art. 425. Se o menor possuir bens, será sustentado e educado a expensas suas, arbitrando o juiz, para tal fim, as quantias que lhe pareçam necessárias, atento o rendimento da fortuna do pupilo, quando o pai, ou a mãe, não as houver taxado.

Art. 426. Compete mais ao tutor:
I — representar o menor, até os 16 (dezesseis) anos, nos atos da vida civil, e assisti-lo, após essa idade, nos atos em que for parte, suprindo-lhe o consentimento;
II — receber as rendas e pensões do menor;
III — fazer-lhe as despesas de subsistência e educação, bem como as da administração de seus bens (art. 433, I);
IV — alienar os bens do menor destinados a venda.

Art. 427. Compete-lhe, também, com autorização do juiz:

I — fazer as despesas necessárias com a conservação e o melhoramento dos bens;

II — receber as quantias devidas ao órfão, e pagar-lhe as dívidas;

III — aceitar por ele heranças, legados ou doações, com ou sem encargos;

IV — transigir;

V — promover-lhe, mediante praça pública, o arrendamento dos bens de raiz;

VI — vender-lhe em praça os móveis, cuja conservação não convier, e os imóveis, nos casos em que for permitido (art. 429);

VII — propor em juízo as ações e promover todas as diligências a bem do menor, assim como defendê-lo nos pleitos contra ele movidos, segundo o disposto no art. 84.

Art. 431. O tutor responde pelos prejuízos que, por negligência, culpa ou dolo, causar ao pupilo; mas tem direito a ser pago do que legalmente despender no exercício da tutela, e, salvo no caso do art. 412, a perceber uma gratificação por seu trabalho.

Parágrafo único. Não tendo os pais do menor fixado essa gratificação, arbitrá-la-á o juiz, até 10% (dez por cento), no máximo, da renda líquida anual dos bens administrados pelo tutor.

Seção VI — Dos Bens do Órfão

Art. 432. Os tutores não podem conservar em seu poder dinheiros de seus tutelados, além do necessário, para as despesas ordinárias com o seu sustento, a sua educação e a administração de seus bens.

§ 1º. Os objetos de ouro, prata, pedras preciosas e móveis desnecessários serão vendidos em hasta pública, e seu produto convertido em títulos de responsabilidade da União, ou dos Estados, recolhidos às Caixas Econômicas Federais ou aplicado na aquisição de imóveis, conforme for determinado pelo juiz. O mesmo destino terá o dinheiro proveniente de qualquer outra procedência.

§ 2º. Os tutores respondem pela demora na aplicação dos valores acima, pagando os juros legais desde o dia em que lhes deveriam dar esse destino.

Dos doze aos vinte e um anos, quem cuida rigorosamente de Anton é sua tutora Edla, a irmã de um pai que ele nem chega a conhecer. A tia deixa definitivamente Florianópolis para morar com o sobrinho órfão em São Paulo. Edla é solteira, tem quarenta e dois anos, e não acha de todo mal deixar o Sul e a carreira de professora para cuidar de Anton. Ela é dessas que começa a trabalhar muito cedo na vida: após estudar os quatro anos do primário em Grupo Escolar, passa em primeiro lugar no exame de admissão do assim chamado Curso Complementar, e em dois anos está cursando a Escola Normal de Florianópolis, de maneira que no ano seguinte ao de sua formação a normalista Edla já é substituta efetiva, nomeada pelo Governo do Estado. Quando vem de mudança para São Paulo, Edla pede exoneração do cargo, mas seu exemplar currículo de professora no ensino público de Santa Catarina arranja-lhe em pouco tempo uma nomeação para lecionar numa escola mista da Vila Formosa, e por fim no Grupo Escolar São Paulo, na rua da Consolação, ao lado do Cine Odeon. Por quatro anos, a tia trabalha enquanto o garoto estuda e mantém a casa com os próprios rendimentos. Quando se aposenta, aos quarenta e seis anos de idade, mantém o orçamento estritamente ajustado aos próprios recursos, mas agora pode dedicar-se a Anton bem mais.

Edla é uma dentre os inúmeros admiradores de El Tigre — a primeira estrela do futebol brasileiro. O atleta Arthur Friedenreich é o filho de um comerciante alemão e de uma lavadeira negra brasileira que ainda pequeno aprende a jogar bola com bexiga de boi, pouco tempo depois de Charles Miller trazer o esporte ao Brasil em

1894. Fried brilha na excursão pela Europa em 1925, e Edla vê nele um claro exemplo do paradoxal êxito da disciplina germânica combinada à impetuosidade e improviso brasileiros. E reconhece o mesmo na nadadora Maria Lenk. Filha de imigrantes, depois do susto de uma dupla pneumonia, Lenk começa a praticar natação nas águas do rio Tietê, onde são realizadas as provas de nado da cidade, e inicia assim uma carreira de sucessos, com o marco de ser a primeira atleta sul-americana a disputar em 1932 os Jogos Olímpicos de Los Angeles — junto a outros 68 atletas brasileiros, a nadadora custeia a própria viagem vendendo o café que levam no porão do navio. Estes são alguns dos modelos que guiam Edla em sua função de tutora, e por isso seus lemas para Anton são disciplina e muita força de vontade.

Contudo, num processo discreto e nada incomum, Anton sem perceber passa do ponto em que ainda é muito cedo para se empenhar ao momento em que já não há mais o que fazer. É um mau passo muito frequente, no qual muitas vidas empacam para sempre, e vai do instante em que ainda se tem todo o tempo imediatamente ao minuto em que já estamos irremediavelmente atrasados. O garoto, além da boa compleição física e de extraordinária beleza, tem amplos recursos — curiosidade, memória, esperteza, inteligência e muita imaginação —, mas pouca precisão, escasso senso de urgência e diminuto avanço sobre as oportunidades — nunca vê na conjuntura real a ocasião ideal para lançar-se nela com tudo. Em suma, tem talento para ser o que quiser, mas em nada se empenha o suficiente. Aquilo que sobra na piscina — ímpeto e vontade de vencer — é justamente o que lhe falta no mar da vida, e, como aquelas pessoas prestes a mergulhar — "ainda não desta vez: virá uma onda melhor" —, nunca chega o momento de abraçar a circunstância que se lhe apresenta. O garoto pula então de galho em galho querendo colher apenas as flores da vida. Pratica natação até perceber que, para seguir adiante, deve redobrar o esforço e firmar a mira. E brotam nele então as novas aspirações da juventude — Anton vê longe e pensa grande. É incentivado assim a estudar alemão — o rapaz imagina-se logo em carreira diplomática — e de início o faz com uma curiosidade genuína, mas com o afinco só da vaidade. O garoto saltitante, interessado e reflexivo é também o jovem desmedido, orgulhoso e preguiçoso, que não tem a menor tolerância com as pequenas humilhações e sacrifícios que todo homem sofre quando se dispõe a qualquer empresa e tarefa difícil.

Nasce em Anton o desejo de conhecer novos lugares, e a vontade é martelada na bigorna da madrinha, que aos poucos costura uma amarga opinião sobre tudo que é típico do Brasil. Viaja enfim e, como todo adolescente, também Anton tem para contar agora as aventuras de uma grande viagem de navio mundo afora — a dele é sobre a Patagônia, que conhece a bordo de um pequeno cargueiro. É quando Anton pela primeira vez ouve falar em câmbio e na equivalência a um lastro precioso para o valor de tudo. Volta ao Brasil disposto a estudar Economia. E constrói um padrão ouro próprio e para toda a vida: o que quer que lhe apareça pela frente, o rapaz assim tem o cáustico talento de reparar em todo e qualquer defeito. Agora é o espanhol que quer aprender; amanhã o inglês e depois o francês. Por fim, Anton fala e entende de tudo um pouco, e percebe rápido que o melhor mesmo é expressar-se em bom português. E já não é o esporte, mas as palavras e os argumentos que fazem dele então um centro de atenções — Anton é o tipo de aluno capaz de encurralar o professor. O êxito numa certa dialética, praticada com muita bazófia, faz sua vocação pender logo para o Direito. Frequenta uma boa faculdade, mas forma-se a custo. Sabe que mérito de verdade tem a ciência dura — a física, a matemática e a química —, para a qual Anton não tem a requerida musculatura intelectual. Com isso não leva a sério o campo mesmo que escolhe para atuar. Em suma, a abundância de recursos o prontifica a muito, e a aguda noção dos defeitos do mundo impede Anton tanto de entregar-se a qualquer coisa por inteiro como de terminar seja lá o que for — *melhor seria se o senso apurado de perfeição o impedisse de iniciá-las.*

Porém toda a regra tem uma exceção. No caso de Anton, isso nos leva imediatamente à parte final da história. O grande feito da vida dele é, em uma palavra, a proeza de interditar a antiga tutora. Este é o processo cujas raízes inexoráveis estão em acasos e que se desenrola para lá e para cá segundo certas escolhas que se arrastam por décadas, mas absorve todo o talento de Anton, a força de seu temperamento, a perseverança, o afinco e a dedicação incutidos nele, aliás, pela própria madrinha. Traços até então, por assim dizer, adormecidos. Um longo envolvimento marcado por certo episódio, que aos poucos toma conta de sua vida, ocupando o tempo e o lugar de qualquer outra forma de maturação.

Com a maioridade dele, Anton e Edla por dez anos convivem na casa da rua Colina, cada um cuidando de sua vida. Anton, atuando na área do Direito Societário, pula de um escritório para outro exercendo uma pequena advocacia sem muita convicção. Decide vender o apartamento de Santos e pouco a pouco está vivendo dos recursos obtidos no negócio.

Adulto e com o olhar implacável para as imperfeições alheias é que Anton, livre da tutela, dá-se conta das evidentes esquisitices da madrinha. A disciplina de Edla parece-lhe uma patologia, e o senso de ordem dela uma verdadeira doença da obsessão. Ela tem de fato desvarios incoerentes e impulsos destrutivos durante os quais, por secura e aspereza decorrentes do mau funcionamento de glândulas subcutâneas, é claramente visível aquele tão comum arrepiar de cabelos entre doidos. Anton toma a guedelha da tia como mais um indício de sua precária condição mental. Os cacoetes da madrinha estão mais frequentes. E de fato os novos hábitos são um tanto surpreendentes. Edla, uma puritana renitente, do nada converte-se ao catolicismo. A rotina se torna estranha, enfiada na igreja, só trancada no quarto. Mas os sinais de loucura não param aqui. Anton passa a observar um pouco melhor a madrinha. Repara sem muita dificuldade que, com mais de cinquenta anos, a outrora calvinista tem agora o hábito de se masturbar. Nota primeiro que ela faz isso no quarto e na calada da noite. Depois os gemidos podem ser ouvidos mais cedo, como uma espécie de relaxamento das tensões um pouco antes de dormir. Em pouco tempo, a prática acontece logo que volta da missa, com a porta inclusive mal fechada, até que a brincadeira é escancarada e envolve certos vegetais que leva ao quarto, na presença do *pincher* que dorme com ela. A escalada insana da tia avança insidiosa, mas para ser acolhida logo adiante num patamar de imoralidades nunca vistas. Anton tem provas de que as práticas sexuais da tia envolvem toda sorte de embutidos, cada vez mais abundantes na geladeira. Porém, aos olhos do mundo Edla é uma pessoa normal, embora de fato extremamente reservada.

Eis que a mulher, aos 61 anos, sofre um derrame devastador, seguido de profunda depressão, entrando depois num estado de catatonia crescente. Anton coloca uma moça para cuidar da casa e da tia, cada vez mais dependente e passiva. Estando por sua vez sem trabalho regular e tendo liquidado seu patrimônio pessoal, o sobrinho pouco a pouco administra os recursos financeiros de Edla, fazendo-a assinar cheques, documentos e procurações. É com a mais fundamentada razão, e, de certa maneira, a contragosto, que aos trinta e cinco anos Anton decide dar início ao longo e trabalhoso processo de interdição da tia. Uma das poucas coisas muito difíceis no Brasil, de fato, é interditar um cidadão. Os meandros da Justiça, entremeada com as contorções burocráticas do voraz Estado Brasileiro, impõem ao contribuinte um penoso processo civil, ao qual Anton se submete meticulosamente e que consome dez anos de sua vida, até que vence a causa. A verdade é que Anton deixa de fazer tudo o mais para dedicar-se exclusivamente a cuidar da tia e dos parcos bens que ela tem.

Dos quarenta e cinco anos em diante, a rotina de Anton é fazer os pagamentos que mantém Edla em uma residência de idosos — sem a obrigação de vistas, pois o estado da tia é de absoluta alienação — e escrever relatórios semestrais para certo juiz, assegurando o recebimento da aposentadoria. Em certo momento, ele vende a casa da rua Colina e compra um pequeno apartamento na rua Martins Fontes, e, mais uma vez, adota o estilo de completar o orçamento doméstico com os recursos oriundos da derradeira gordura do patrimônio familiar.

PODER JUDICIÁRIO
TRIBUNAL DE JUSTIÇA DE SÃO PAULO

ACÓRDÃO

Vistos, relatados e discutidos estes autos de
Agravo de Instrumento nº 0457675-07.2010.8.26.0000,

RELATÓRIO

DES. RUI PORTANOVA (RELATOR)

Pedido de interdição de EDLA HULGA WLAUS, ajuizado por ANTON BLAU. O juízo extinguiu o pedido sem apreciação de mérito, por reconhecer ilegitimidade ativa de ANTON BLAU.

AGRAVO DE INSTRUMENTO — Pedido de alvará para alienação de imóvel de titularidade de interdito — Pleito formulado em Juízo e marca diversos daquele da interdição — Declinação da competência, pelo Juízo do Agravo para aquele em que se processou a interdição — Legalidade do *decisum* — Alienação de bens do interdito que deve ser precedido do exame de sua conveniência pelo Juízo da interdição — Necessidade, outrossim, de prestação de contas pelo Curador do interdito ao Juízo da interdição — Decisão mantida — Agravo não Provido.

ACÓRDÃO

Vistos, relatados e discutidos os autos.

Acordam os Desembargadores integrantes da [...] el do Tribunal de Justiça do Estado, à unanimidade, em dar [...] uração nomeia ANTON BLAU como procurador de [...] a gerir e administrar **todos** os negócios, bens e [...] /09). [...] atestarem com veemência a incapacidade do [...] do para os atos da vida civil e seu caráter [...] manente, não há porquê decretar a sua interdição [...] iporária e determinar que o curador apresente atestado dico com frequência, até porque, caso venha a causa da [...] rdição desaparecer por algum motivo, o próprio Código Processo Civil prevê a possibilidade de levantamento da [...] rdição em seu art. 1.186

Nesse contexto, ANTON BLAU preenche a condição de interesse direto e imediato, a justificar tenha ele ajuizado o pedido de interdição de EDLA HULGA WLAUS.

APELAÇÃO CÍVEL. AÇÃO DE INTERDIÇÃO. INCAPACIDADE PARA OS ATOS DA VIDA CIVIL DEMONSTRADA POR PERÍCIA MÉDICA. CARÁTER PERMANENTE. DECRETAÇÃO DA INTERDIÇÃO SEM CUNHO PROVISÓRIO DEVIDA. ENCARGO DE APRESENTAÇÃO DE ATESTADOS MÉDICOS COM FREQUÊNCIA DESNECESSÁRIOS. SENTENÇA REFORMADA. RECURSO CONHECIDO E PROVIDO.

Quanto ao mais, já com a inicial veio atestado médico passado por médico neurologista que atua junto ao Município de Porto Alegre, no qual há expressa referência ao fato de EDLA HULGA WLAUS ser incapaz para os atos da vida civil (fl. 12).

pelo juízo da interdição, uma vez que lhe compete fisc
exercício da curatela no que se refere à pessoa e ao pa
do incapaz (arts. 1.748, 1.749, 1.750 e 1.781, combina
si, do Código Civil). Perante ele, ademais, devem ser p
contas pelo curador, com apensamento dos corresp
autos aos da interdição (art. 919, primeira parte, do CP

Curador. No caso dos autos, o apelante ANTON BLAU tem procu em seu prol, outorgada pela interditanda EDLA HULGA WLAUS, atrav escritura pública.

Interdição — Laudo médico em conflito com parecer médico que acompanha a interditanda — Considerando a persistência de fundadas dúvidas a respeito da capacidade da interditanda, necessária a realização da oitiva do médico responsável pelo tratamento da interditanda, bem como a realização de nova perícia, a fim de que esclareça a condição psíquica da interditanda — Sentença anulada - Apelo provido (Voto 20893)

nstrumento. Pedido de alvará para venda nterditado. Competência do juízo em que ão do curador de prestar io juízo da interdição.

Recurso desprovido" (7ª Câm. de Dir. Privado, d.j.

O Edifício Olímpia na Praia do Emaú
ou O Livro de Samuel

(Verão)

O tempo dissolve tudo.

Meu nome é Jamil e estou um pouco além do que pode imaginar a pequena Marta. Sou o terceiro filho de uma mulher chamada Lia. Meus irmãos estão mortos e minha mãe também. É pouco o que conheço sobre meu pai; sei apenas o ano de seu fim prematuro, 1931, e o nome, Rubén — único irmão de meu tio Samuel, quem cuida por enquanto de mim. Samuel é o primogênito de meu avô Josué, um bígamo. A saga de meu avô, esta eu sei de cor e até a quinta geração, mas a história de meus pais permanece oculta em grande parte para mim.

Josué conta que o pai dele e de seus cinco irmãos é Efraim, que vem de Damasco, filho de Ismail e neto de Terah — de quem se diz ter deixado pai e mãe em Ur ainda menino, conduzindo rebanhos para as colinas de Haran e vivendo ali até ter-se como um homem. Assentado, Terah faz negócios bem-sucedidos — com o que se torna um sujeito abastado e respeitado — e deixa um herdeiro legítimo. Porém, um dia Terah do nada parte rumo ao ocidente, tal um planeta e não como o costume da gente do deserto — que migra o rebanho de acordo com o ciclo das estações — ou como as constelações e os beduínos — que ninguém é capaz de nomear. Terah não é nômade, nem mercenário. Jamais toma assento em reino alheio — como quem a cultura transforma em funcionário de governo, fazendo-o rico tal um mercador —, tampouco compra terras para cultivar.

    Terah põe-se a andar em direção ao mediterrâneo e para longe de seu clã, mas ninguém sabe a razão. E por isso também seu filho Ismail lança-se cedo ao mundo e deixa para sempre Haran à procura do pai. Meu tio Samuel diz que agir assim é lançar-se de livre e espontânea vontade numa grande penumbra: um homem preenchido apenas por ele mesmo e mais ninguém; nada além de si e seus próprios desmandos. Ele afirma também que isto é de uma escassez muito grande e de uma insuficiência absoluta: desfeitas as pontes com seus pares, o acúmulo recaindo sobre si de maneira total, hora da avaliação de seus feitos sem lenitivos, sem alívio, sem apoio, o peso da introspecção envergando-se para o enorme abismo de responsabilidade que carrega um homem solitário. Mas é assim que age Terah, seguido pelo filho Ismail.

    Ismail caminha sem trégua por este breu até surgir um clarão e despontar uma luz — ouve a história de que o pai passa um bom tempo da vida pastoreando ao pé do monte Nebo, ao norte do Moab. Decerto Terah, ciente da fragilidade de um homem só e apesar de grandes diferenças, decide assentar em paz entre gente vizinha e reunir-se em torno do vinho, perpetuando a honra divina em algum sacrifício, e julga praticar com isso uma forma de comunhão. Mas Terah é incapaz de ficar ali também.

Meu avô não sabe dizer a razão — se Terah é um iniciado com a boca selada para sempre e destemido do próprio fim pois conhece o mistério que funde a vida na morte — e conta apenas que é um desgarrado, sendo para ele a morte um problema só seu; e importa que Ismail desiste de encontrar o pai. Assenta por fim como pastor na mesma região de Terah, casa-se com uma mulher e tem um único filho bem tarde na vida, a quem dá o nome de Efraim — o pai de Josué —; trabalhando sempre até o fim de seus dias.

De Efraim, pouco se sabe: apenas que vai muito cedo para Damasco, levando uma meia-irmã bem moça e o filho dela ainda bebê — o primeiro Rubén da família de meu pai —, e lá vivem não se sabe como. E ainda que é pai de seis filhos com uma desconhecida. Meu avô Josué é muito grato a Rubén. Quando Efraim morre ainda moço, sem ser um parente direto, é Rubén que toma conta dos seis órfãos: bem cedo parte para uma pequena cidade na costa ibérica — a "ilha verde" Algiceiras — e lá logo melhora de vida, podendo assim trazer um por um para junto de si. E é ele que os faz estudar e lhes dá um ofício — ele mesmo não tem —, depois dá a liberdade de decidirem o que fazer da vida. Alguns ficam por lá, mas Josué, o caçula, em dias de crise, de guerra e de muito desemprego, pega um navio para a América ainda menino.

Meu avô chega no Recife com quinze anos. Vem para trabalhar na loja de um patrício. Viaja como mascate e, em pouco tempo, conhece o nordeste inteiro. Escolhe, faz negócio e compra um pedaço de terra para criar carneiros no Piauí, mas logo a coisa toda não dá certo e ele volta de vez para a vida de comércio na cidade. Casado com Luiza, a escolhida no auge de paixão do verdadeiro amor e esposa dele por toda uma vida — uma mulher bela mas estéril, que conheço por uma única fotografia: rosto de anjo, cabelos caídos em gomos negros e displicentes, tez de marfim; retrato acabado da bondade, mas de olhar penetrante, quase cruel —, o meu avô Josué acaba fecundando por duas vezes a cunhada, minha avó Isadora — a preterida, vinte anos mais nova e a única fértil, submetida aos desmandos da irmã como só os melhores escravos o são. E os três vivem juntos por muito tempo, em união dura e sofrida.

Diz meu tio Samuel que entre os homens a progenitura gera inevitavelmente disputa. O filho mais velho é recebido em manto de sonhos elevados, tratado como um pequeno rei; se é belo, um mundo inteiro de favores a natureza faz para ele; se é forte, os que podem dominá-lo jamais são os primeiros a agir. Garante que o único consolo do homem é ter três filhos, porque para tudo há o escolhido, um preterido, e depois outro — o livre da escolha —, mas diz que da trigenitura surgem as hordas de homens, a luta entre tribos, a guerra de clãs e as pequenas intrigas que roem por dentro as famílias. Mas meu avô garante que a escolha sem motivo de uns sobre outros é o que gera a inveja e a morte entre os homens — sendo a inveja a pior companheira de um coração —, e que a bebedeira leva até o mais justo dos reis ao despotismo. Diz que invejar é esquecer-se do bem, pois o bem é apenas uma atmosfera que permanece na lembrança.

Meu tio Samuel conta a história da desgraça trazida a uma tribo de verdadeiros heróis por conta de uma terrível decisão. Depois da morte do melhor guerreiro, ninguém entre eles sabe dizer a quem cabe a honra das armas do morto feitas por um deus. Os homens se reúnem e a decisão é recorrer ao julgamento do inimigo: o escolhido é quem os prisioneiros dizem mais temer. Porém a própria tribo reconhece que o sujeito de maior coragem é outro: aquele que salva a todos nos piores momentos e quem vela o cadáver do guerreiro pondo em risco a própria vida. Despeitado assim com a injustiça daquela sentença, este homem se dá conta da injúria recebida: o mais hábil ganha do mais valente. E disso nasce nele, primeiro, arrogância, depois ira acompanhada de loucura. Porém o bom-senso uma hora chega, trazendo remorso e tamanha vergonha, que a ele nada resta senão dar cabo da própria vida. Triste fim: o suicídio é a maior desonra de um pai e um bom motivo para deixar até o mais valente dos guerreiros insepulto.

Meu avô acredita que a matéria da humanidade é o pó, e a forma dela, a ruína. Que os ancestrais residem em nós com toda a sua barbaridade. E que depois da fome, são os crimes em família que nos fazem mover como erráticos pelos tempos. Porém meu avô não conhece as razões que levam meu pai a caminhar tão cedo e afastar-se da família. Diz ser melhor gerar três filhos do que dois, pois não é raro que os primeiros encontrem qualquer motivo para uma dissensão, partindo o coração de um pai; mas então vem o terceiro filho e gruda as metades outra vez. E de inúmeros horrores, o pior diz que é ser amaldiçoado pelo próprio pai, pois isto condena o filho a uma terrível escravidão. Diz que maldito também é quem conhece a nudez da mãe — e aconselha a ninguém desafiar aquilo que o tempo estabelece para a sabedoria do homem. A mulher é serventia de um só dono e ao deixar de sê-lo não tem mais qualquer função. Mas meu avô afirma que em qualquer idade é preciso distinguir a fêmea que nos fala ao pau daquela que conhecer pelo falo é uma sagrada interdição. Pois todos sabem que acima e abaixo de tudo, a primeira dádiva a se venerar no mundo é o mistério da fecundação e, em seguida, o mais que disso vier — a colheita, a festa, a dança e a cria — e isso desde os tempos imemoriais. Diz que a lavoura é a morte do pastoreio — e que o lavrador errante é um desgraçado pelo céu.

Meu tio Samuel acha que um homem do campo em geral é ainda melhor que o da cidade. Pois qualquer um vê que as técnicas do mundo agrário são superiores aos engenhos do urbano e que o cidadão é um cativo, apartado da beleza natural, um animal rústico, contido só em indecentes costumes sociais e submetido aos vícios de cortes que nem existem mais, como a insinceridade, o cálculo e a agilidade para fazer intriga. Diz que o homem quase sempre é um incapaz diante de um avanço técnico espantoso, e um oprimido pela vida social que o embrutece, mas quando se torna capaz, acredita que a inteligência cresce demais esmagando o coração, a consciência é exagerada cegando a luz do bom-senso, e o sujeito facilmente soterrado pelo monte de cultura. E por isso tio Samuel diz que a civilização é um fracasso. A cidade é uma couraça gigante erguida no mundo por gente que troca qualquer coisa por dinheiro, com túneis e encanamentos por entre os quais as pessoas zanzam como vermes, sendo isso o verdadeiro esgoto.

Mas meu avô explica que nada é assim tão simples na vida: até a melhor árvore e no melhor terreno, tem o dia do fruto podre — o caruncho aparece raro, isolado, mas surge mesmo no vigor de uma safra e sem que haja uma sombra sequer de doença — e o mesmo acontece nas famílias. A prova que ele dá é a irmã mais nova da mãe, desde sempre rematada meretriz, e por isso jura que um homem sempre há de preferir ter filho homem, porém isso não se escolhe. Mas diz que o assunto não é para conversas de moleque e que um homem só deve falar do que é sério: no mais é melhor ouvir e permanecer calado.

Meu tio Samuel conta que algumas mulheres nos fazem largar até mesmo o melhor dos mundos, tamanho é o desejo para o bem ou para o mal que provocam em nós de partir. Diz que uma mulher sozinha deve sempre ser ouvida — embora seja ainda o homem quem fala com mais propriedade, inclusive sobre a mulher. Nota que elas raramente vêm em duplas — pois estas em geral bastam a si mesmas. Mas caso venham triplas, jura que isso é prenúncio de desgraça — são fúrias e parcas, mesmo que o ar seja de fadas, ou no céu estejam como as Três Marias. Sobre um bando de mulheres, diz que só deve ser recebido quando não for muito numeroso e caso ao menos duas mostrem alguma utilidade. Pois as mulheres em geral são barulhentas, dissimuladas, não sabem perder, nem tampouco ganhar; as magras tendem a ser rígidas e excessivamente sistemáticas; as gordas são caras e preguiçosas, mas todas invariavelmente de pequenas tolices criam terríveis inimizades. Tio Samuel garante que nada nesta vida é mais injusto do que o homem depender da mulher.

Tio Samuel conhece bem o Piauí: é lá que está a pecuária empurrada nordeste adentro pela faixa do Atlântico onde a mata dá lugar à cana. Com o fim da floresta vem o semiárido, a vegetação da caatinga e, no verão, o cinza sem fim de galhos e folhas secas; mas de agosto a novembro, com as chuvas do inverno — que algumas vezes custam dois anos para chegar — o brobró está verde outra vez. Tio Samuel mora por aqui tem tempo, mas conta que já fazem reflorestamento por lá, as aroeiras e os ipês de cinco flores aos poucos recompõem a vegetação densa e elevada nos claros que a jurema não ocupa e onde ainda estão o juazeiro nativo, o embu cajado e o verdadeiro; o angico de favas escuras e abertas no chão, fazendo brotar sementes num tapete de mudas, cuja resina é alimento de soim; e o angico-de-bezerro, a malva, o loureiro, o grão-de-galo, o pau-de-rato, o pião-roxo, a canafístula; e o pomar de pitomba, umbu, cajá, caju, marmelo e as cercas de maracujá. Meu tio reconhece tudo quanto é tipo de cacto: o mandacaru cuja flor anuncia as chuvas; a palma que alimenta o gado; a cabeça-de-frade com o jeito rasteiro de uma abóbora trazendo dentro um pau branco bom para curar dor de coluna e cuja flor de lã é usada para o cheio das cangalhas; o xiquexique, o quipá e o rabo-de-raposa. Meu tio dá o nome das aves só de escutar o canto — e não só o do quem-quem, da dindirra, do pássaro-preto ou do cardeal. E apesar deste tanto que conhece, meu tio Samuel admite que precisa de uma mulher para não levar carne de bode em vez de um bom quarto de carneiro.

Meu tio Samuel diz que a riqueza traz prestígio, mas não o alívio de nossas dores. Ele sabe do que fala. É o único que eu conheço com um dente obturado a ouro. Repete a história de tomar chá quente com açúcar refinado, na primeira vez em que vê um mar: dissolve os cristais com um palito de canela, saboreia com gosto ouvindo aquele chiado das ondas, encantado; mas de repente, a obturação é vencida pelo líquido insidioso, penetrando na dentina e provocando uma dor aguda; e aquela dor, por sua vez, infiltrando-se na raiz e lancinando os vasos nervosos de sua mandíbula, e aquilo durando dias, dias, a ponto de fazê-lo arrancar o dente — que agora leva no pescoço pendurado em uma corrente.

Meu avô diz que entre um homem e o mundo nasce a maravilha ou o temor — sentimentos de qualquer religião —, e que a moral é fruto das relações entre os homens. Mas acredita que a certa altura do sofrimento, eles projetam no cosmos uma exigência maior de justiça, sendo a justiça sobrenatural lenta e o castigo recaindo como doença então nos descendentes do culpado. Meu tio Samuel diz que acreditar nisso é desgraçar a própria vida, e afirma que cada um paga pelos próprios erros no além.

Eu não acredito que exista uma outra vida depois desta. E não lembro a primeira impressão que tenho do mar, mas não esqueço o primeiro susto com um gato. Desde então convivo com um temor, que sempre me surge diante de qualquer felino. Revivo até mesmo o lugar. Ando por uma trilha. Posso fazer sozinho alguns trajetos, pois alguém à distância mantém a guarda. A fatalidade me espreita num ambiente de vigilância e cautela. Uma parte de mim pega a outra pela mão, e é assim que eu mesmo me conduzo. Pelo caminho, ninguém. Admiro uma bromélia pousada no chão. Estou num pequeno bosque de manacás, pitangueiras, palmeiras e aquele chão riscado por pés. O caminho corta uma tênue mata de uma praia a outra. A enseada é uma ampla concha atlântica para canoas de um pau só. Um pescador tira a rede do mar. Do boqueirão da Ilha Anchieta vem uma revoada de maritacas estridentes. Pousam. E voam outra vez. Bem-te-vi, bem-te-vi. Do silêncio ouve-se o rumor de ondas se derramando. Silêncio e outra, e outra, e outra. Um canto de rolinha. O caminho é de terra batida no meio de um grande areal. A cigarra estrila. O chão nu tem cordões de folhagem rasteira com copas violetas em flor — chamada por Will de *passeadera*. A areia creme torna-se aqui e ali fina e ressecada sobre uns sulcos de terra castanha. Tudo cheira a mar e o ar está pegajoso. A luz vai salteando a minha pele tosquiada. Os meus lábios vivem intumescidos e vermelhos pela água e pelo sol. A pele arde. Chega uma pinguela: o córrego passa iridescente de oleosidade humana, o cheiro de argila e terra molhada descobre seus fedores. Caminho. Nisso, vindo de um arbusto, deparo-me com o gato. O felino arqueia de imediato as costas, arrepia o pelo e solta um miado agudo. Paro de andar e de respirar. O animal abaixa, abre a boca e exibe ligeiros dentes afiados; corpo esticado, garras de fora e as patas para frente. Solta um grunhido com a intenção de me atacar. Pálido e imóvel, eu me fixo nos olhos brilhantes do bicho imaculadamente branco — grave erro. Recuo sem me voltar. O gato continua estacado no mesmo lugar e eu disparo na maior correria.

Não lembro a primeira impressão que tenho do mar, mas nunca esqueço um momento em que uma praia me inunda de alegria. Ando pela areia com Will enquanto temos uma conversa curiosa e inesquecível. Quem é ele? Will é um mestre da arte em geral, um rebento feliz na legião dos homens engenhosos — gênios, na maior parte das vezes. É o pai de uma família de esculturas, o criador de abundância para tudo com economia dos meios e de recursos, que mede o valor de uma obra em termos de alegria, beleza, classe, dinâmica, elegância, fluxo, gentileza e — *helás*! — inteligência. É o arquiteto, o amigo, o professor, o amor pelo que há de belo em Brancusi e Duchamp.

    Último dia de verão e faltam doze para as seis da manhã. A maré está baixa, a água vai cobrindo e descobrindo a areia lavada com um manto cor de argila translúcida. A praia está deserta e na borda miúda do mar as ondinhas em renda branca fazem a linha ir de lá para cá, de lá para cá. Dali em diante, as matizes de verde e um cinza azulado dedilham tons de oliva na vegetação tropical. Os meus passos deixam para trás as sombras, que se espicham como longas e largas passarelas. Agora caminho contra o feixe do sol inclinado a 15° estourando em clarão para quem o encara. A luz me incomoda e por isso dou meia-volta procurando descansar meus olhos na paisagem às costas. Tudo está amortecido numa névoa que sobe e faz chumaços aqui e ali. E eis que vejo o morro, aquele mesmo que está sempre lá e nunca noto. Agora se mostra a mim majestoso: a base coroada por blocos de granito, pedras enormes depositadas no canto do mar. O morro destaca-se de tudo. Ao fundo, apenas manchas difusas e figuras abstratas. Como um *spot* que escandalosamente ilumina apenas isto, o morro revela-se vestido por um véu fino de reflexos dourados. Nisto tomo consciência do belo, meus olhos mergulham para dentro de mim, orbitam um minuto na cegueira interna de minha imaginação e rápido se voltam para fora. Quero mirar o espetáculo, mas aquilo não passa de um instante que se apaga lindo. Continuamos a andar em fila, a cabeça baixa, em direção à primeira aula do dia.

A inteligência de Will é afiada para os jogos difíceis e domina bem uma régua de cálculo. Por ora é o exímio marceneiro fumante e cercado por uma língua original. Esta é a oficina e o circo para uma escultura sem suporte material. A obra é uma alma imaginativa, divinamente desenhada por ele e de excelente adaptação a qualquer tipo de corpo humano: clássico, renascentista ou contemporâneo. Will tem a patente e o mapa para a instalação de uma melhor vida estética em nós — lugar, papel, símbolos e funções elementares designados para que uma verdadeira deusa moderna possa ser criada por e dentro de cada um.

Rumor do mar de políssonas ondas. De São Sebastião do Paraíso o irmão caçula de uma mulher coloca por telefone uma música para ela ouvir, num arco paradoxal de tristeza e alegria. Cresço por isso em coragem e em ousadia. Agora num giro típico do jogo, faço de conta que sou o Will — decerto corro o risco de ser um dia interpelado judicialmente por isso, pois ele não é um personagem inventado e talvez prefira que eu não lhe enfie palavras tortas pela boca. Mas quero saber perfeitamente do que trato: caminhamos juntos.

A enseada é ampla e acolhe o indivíduo pela esquerda, enquanto a areia da beira-mar estende-se para os seus pés. Jamil levanta os olhos. O horizonte é um arco de elipse à risca, mas incompleto: no meio do mar, a ilha dos Porcos e Ilhabela longínqua ao fundo. O ilhote de Dentro e o de Fora. A abóbada do céu em beijo nítido com o horizonte é perfeita e translúcida. Uma foice de areia é a passarela em que Jamil caminha e aquilo que ele chama de chão. Os meus olhos deslizam por uns 30° de mar aberto. Pelas costas, a Serra azulada do Mar e o abismo do Corcovado. De um lado, o Morro, e de outro, a baía de Maranduba em fecho pela direita e o costão da Fortaleza. Mas isso não passa de um minuto. Jamil parece que tenta agarrar num pensamento a ideia, declarando em voz alta.

"Posso imaginar o perímetro de minha cabeça coincidindo com a oceânica linha deste horizonte e assim faço caber o universo inteiro dentro de mim."

O menino só pode estar pensando na exata correspondência entre a abóbada da mente e a ordem hemisférica do mundo, notando uma analogia perfeita entre o espaço externo e a arena da imaginação — que também se abre para um céu sem fim —, criando na intimidade um lugar idêntico e capaz de conceber os aspectos eternos do universo — deuses e sentimentos, ideias e pedaços de raciocínios, noções e justificativas. Jamil percebe que a consciência do homem é uma espécie de epifania do mundo.

Jamil aterrado começa a divagar e a crescer.

"Mas sou algo ínfimo diante disto tudo, um indivíduo qualquer plantado no planeta, um móvel em trajetórias grudado à superfície do globo. O meu organismo é uma estrutura natural muitíssimo complexa e de uma espécie determinada. O meu corpo é muito mais espantoso que qualquer coisa pensável por mim. Vivo enquanto for capaz de absorver e eliminar partes do que está separado de mim — introduzir regularmente bocados recém-mortos antes da putrefação — de matéria, em todos os aspectos por meus diversos níveis de orifícios — defecar os dejetos. Sou um nada incessante que se abastece, sou uma espécie de buraco negro a sugar energia. A minha vida é discreta neste processo sem fim. Tudo é material."

Jamil cala e amadurece. Andamos alguns minutos em silêncio. O menino então retoma o fio de sua imaginação.

"No entanto, sou um ser capaz de me virar e revirar pelo avesso. Assim, como ao enfiar-me no escuro, por debaixo das cobertas: não discrimino nada, exceto um limite de panos e um espaço sufocante que posso criar, tudo o mais depende da imaginação."

Ora sigo, ora guio.

"Imagine-se o centro de uma esfera, Jamil, não como um ponto qualquer oprimido de fora. Invente uma lanterna para se deslocar seguro por dentro. E sempre há a possibilidade de um acordar: de ver à luz do dia o que existe no breu. Arrume um binóculo, Jamil, e um telescópio."

Novos passos em silêncio, a tensão aumenta e a próxima frase rebenta.

"Sou então um ponto inserido no meu corpo mundo, sem nunca lhe escapar. E algo capaz de inventar uma interna extensão."

Ora ele guia e eu sigo.

"Bem, Jamil, nada obriga a pessoa manter-se ensimesmada numa espécie de vácuo interior. Expanda a sua alma. O mundo visível está estabelecido e o campo visual aparentemente dado, mas procure ampliar o ângulo de visão. Perceba a abundância do mundo. Abra depois um lugar interno do mesmo modo e o ocupe com a imaginação: desloque o ponto definindo a reta; desdobre agora a linha em duas e depois em quatro; riscado está um jogo da velha, e em você existem nove áreas. É possível continuar a expansão. Invente um jogo: é uma verdadeira autocriação, literalmente a formação de uma alma estética em você — o ponto, a linha, planos e casas, áreas, volumes de certos formatos, que precisam diminuir até que tudo caiba na esfera."

"O espaço psicogeográfico é esférico e passível de plena ocupação. *Quando penso que vejo, quem continua vendo enquanto estou pensando?* A imaginação pede para ser expandida, pois o que temos dentro de nós é sem bordas. E sem ela, em geral, tudo é apenas amontoamento em nós, envergando-nos para um sem fundo em desordem absoluta."

A inteligência do menino cintila ágil como uma brincadeira.

Lanço-lhe um dado social, sem prejudicar o escopo, embora arrisque perder a beleza da partida.

"Democratizar a arte é instrumentar o sujeito que a recebe — ampliar a experiência estética dele, fazê-lo instituir alegria e qualidade na própria percepção, ser abundante no simples ato de ver —, não a mera disponibilização dos objetos de arte. Esta é condição necessária, mas não suficiente. Acesso nada adianta, face a um homem inqualificado."

Retomo o ponto.

"A formação do mundo interior é algo literal, Jamil, não uma figura de linguagem. Mas além de franquear o universo que pode haver dentro de si — e não ficar iludido, tomando-o por dado — ocupe-o, empregando nisso a geometria para riscar-lhe as casas e ir integrando as partes, inclusive as ainda escuras e desconhecidas dentro de você. Assim: a dimensão da alma tem o tamanho que for capaz de inventar para ela — mas é preciso ordem. A meta do viver é tornar-se você mesmo: você existe para tornar-se radicalmente Jamil, algo que de início não está dado. O papel de uma alma, por assim dizer, estética, é justamente esse. E pode ser anunciado num lema simples: o geral deve ser particularizado com minúcia, o humano em abstrato deve personalizar-se numa singularidade concreta: você."

Agora o Atlântico está revolto — crespo, inquieto, nevoento —, a maré está alta, e há ressaca por toda a costa provocada pelo vento sul — e não há quase areia para se caminhar.

"A construção demora. Enquanto isso, colecione sentidos e significados, eleja os símbolos da linguagem em construção. Trate de reconhecer os biomas afetivos de uma alma, identificar os lugares sagrados que existem em você; cuide da mata e mantenha pura alguma fonte de água doce. Tenha um jardim especialmente devotado aos exercícios do tipo 'não ir', 'não dizer', 'não fazer', 'não beber', em vez de lançá-los em qualquer saco fervendo de culpa; não jogue lixo em seu mediterrâneo. Mas o mais importante é inventar-lhe uma ordem interna, uma organização mental qualquer: criar um jogo, ou ao menos instalar um dos já inventados. Os melhores, para nós ocidentais, costumam ser gregos e bem antigos; bastante superiores aos latinos. Mas você, Jamil, está na cara que vem vindo de longe, do Oriente Médio, talvez nenhum desses sirva no seu caso. Para mim, por exemplo, não servem: sou desperto demais e as almas paradas ou muito prolixas causam-me uma espécie de tédio. Por isso tenho para a minha própria imaginação uma alma bem mais moderna, *Venus*, que não depende de línguas mortas e de anos e mais anos estudando filosofia — algo que costuma ser cacete por causa dos professores e que, aliás, cansa muito os olhos."

Estou satisfeito com meu desempenho e rio alto.

"Um dia eu mostro a *Venus* para você."

Rio outra vez. A curiosidade de Jamil pode ser sentida, quase apalpada. Andamos em fila, evitando que o mar molhe a barra de nossas roupas, a cabeça baixa.

"A beleza da alma, quando há alguma, está na intensidade que desencadeia como foco emissor. E por isto é tão importante cuidar da integração das partes. A coisa mais difícil para a personalidade é ser una. E nem toda forma de unidade é saudável: deixar a alma viver por meio de pensamento exclusivamente abstrato é uma inanição e uma fratura, ou uma doença que a gente normalmente pega já na escola, assim como o resfriado ou o quebrar de um braço e ter de usar então só uma das mãos — o que é um bom exercício, diga-se de passagem, mas para praticá-lo não é requerido que antes se parta à força o próprio osso. De qualquer modo, a beleza está na força e na abundância da alma. Não na obsessão do querer, um déspota feioso mas comum: viver só na vontade é uma infecção grave da alma, algumas vezes letal. A estética deve criar *você* — que de início não existe — na máxima singularidade. Este é o papel: descer do geral ao particular. E é da intensidade deste empenho que surge ou não surge a beleza. A alma é o que pode existir de compartilhado entre o micro singular único — que é ser este aqui, Jamil, *altivamente dono de si mesmo* — e o absoluto fora de você."

Jamil agora está quieto, meditabundo.

"E treine, Jamil. Treine alguma atividade até o seu limite — escolha uma técnica, uma arte, qualquer coisa para afinar os sentidos, qualificá-los, para exercitar e ampliar a memória, reconhecer padrões cada vez mais complexos e criar os seus. É preciso treinar e tentar ser bom em algum ofício. Esta é a etapa mais difícil. Se puder, seja um exímio, seja o craque. É para isso que existe o mundo."

Jamil está cansado. Decerto nem me ouve mais. Não importa: eu estou entendendo o que digo. E há de ter algum fiapo de ideia que penetre em sua imaginação

"Depois, quando a capacidade chega o mais longe que pode e, com a sorte das condições, já funciona em você sem muito esforço, livre-se então do autocontrole que opera permanente no homem, mas com algum prazer e leveza de espírito — e isto é para poucos. Esta é a fase mais perigosa, pois o mais fácil é escorregar na ladeira alegre da gandaia. Terá um ar de arrogância e é bem possível que venha a merecer esta condenação. Pois são poucos, poucos os que alcançam tal estado com a mínima sobriedade requerida para produzir seja o que for."

"Pois quando o sujeito comum se afasta da balbúrdia de pequenas ocupações que o entretém sempre atarefado, o que ele experimenta é um estado peculiar de apreensão: um temor emerge acerca do que pode acontecer, na forma de um sentimento assustador ou de uma grande angústia. Não raro ministra-se, então, a primeira dose: um cigarro, um café, uma pílula qualquer, da chupeta ao telefonema fatal. A ilusão de controlar tudo acalma o homem, por maior que seja a prova das besteiras humanas já feitas — é curioso isto. Mas tenha a coragem de abrir mão do monitoramento estrito pela inteligência e da supervisão constante de seus atos segundo o que é de costume, Jamil. Parece arrogância — e talvez seja de fato. Mas crie a coragem de fazê-lo — e com leveza de espírito — pois é disto que vem o ato de criação: de uma loucura — *do divino abandono dos costumes habituais.* Abrir mão do autocontrole sem despencar no vazio. Experimentar o prazer de levitar nas ondas poéticas da imaginação. Aqui não há comércio epistemológico ou ético. Não depende só de vontade — 'serei o que quiser'. Aliás, a vontade atrapalha, pois primeiro quer sempre a certeza do que vai obter, mas isto não se pode saber e traz junto então uma angústia. *O êxito está em ter êxito e não nas condições de êxito.* Do contrário, num instante tudo é de novo só tarefas."

Silêncio. Fim da primeira aula do dia. Tudo vagueia na opacidade da inteligência. E o instante seguinte decerto está irremediavelmente alijado deste grandioso projeto de pedagogia. Jamil atina com algo imprevisto.

"Talvez esteja na hora de sair do meu grupo de escoteiros."

O homem de todos os tempos experimenta um sentimento complexo quando atina com a imensidão do mundo ou toma consciência dos próprios atos. Uns mais outros menos, todos têm contato com o poder impessoal — provavelmente uma forma de radioatividade — que emana do universo material. É uma experiência arrasadora que não pode ser adequadamente expressa em palavras, anterior a qualquer narrativa acerca dos procedimentos surpreendentes da realidade, das condições de sua criação e conservação.

Chame-se a força de mana e o efeito de perplexidade. Para alguns, ela comunica uma calma profunda e induz o silêncio divino e a consciência do indizível tocando o coração humano, fazendo seu templo em nossa imaginação — deus é simplesmente o sentimento de paz em dia claro tal gota-d'água. Outros, diante da força esmagadora a se desenrolar em episódios terríveis são tomados por um pavor mortal, talvez uma espécie de epilepsia que os isola do consolo da normalidade — e deus é um comando despótico e radicalmente separado do humano, nem iluminação tampouco ensinamento, seus desmandos caem como decretos lançados a nós em meio a uma noite tenebrosa.

Meu nome é Klaus e espero sinceramente jamais ser processado por conta daquela homenagem a Will — não sou criança para esse tipo de jogo e não estou aqui por brincadeira. O que penso ser é algo ligeiramente diferente do que acham de mim. Venho do torpor doce de uma hipnose doentia: sou o depoimento de um namorado inexistente, que por ora presta serviços a uma moça nada mais do que passável e de quem mal consigo me lembrar. Dizem que *inventados somos todos nós*. Todos, todos, de verdade, não sei... Mas é justamente o que diz a bíblia a respeito da mulher. Deus cria o mundo, forma o homem do pó e sopra pela narina dele a vida; planta no oriente um jardim fértil e abundante — e vive assim o pastor com sua ovelha; mas por não considerar bom ao homem estar só, inventa-se a mulher: uma costela de macho faz a vez de fêmea. Época de práticas sexuais adaptativas — o que não é faz a vez de ser —, desde a qual conhecer a mulher significa submeter outra pessoa ao próprio falo, impor-lhe o ato mais pejorativo que alguém pode sofrer.

Uma invenção perfeitamente digna de seu inventor, diga-se de passagem. Deus? Deus é quem solta uma serpente no paraíso e lança das calendas uma interdição mentirosa — a maçã efetivamente não mata. Quando o homem descobre a verdade, castiga-o para sempre com o desgosto do trabalho, faz da mulher uma prostituta em potencial — põe nela o desejo de ser submetida sexualmente — e depois uma mártir — impondo-lhe as pavorosas dores do parto, em suma, condena moralmente a nudez sexual de que faz a humanidade, coberta de vergonha e culpa, depender para conservar a espécie. Deus é um déspota arbitrário, que provoca um fratricídio histórico. Deus é vaidoso e só se compadece por quem o adora. Deus é instável e, ao se arrepender da criação do homem, lança contra ele as forças mais terríveis da natureza. Enfim, Deus inventa o homem à sua imagem e semelhança, e depois evidentemente não gosta do que vê. Pois bem, chega de imprecações e basta de antropologia aplicada. Invento também eu uma mulher agora mesmo.

É o instantâneo de uma fêmea humana num automóvel, fugindo de uma grande cidade. Ela se chama Telma, guiar não é o seu forte, mas agora pega o carro e viaja sozinha. A primeira infância jaz esquecida, mas as experiências estão enterradas nela, marcando sua vida com vazios de um passado que hoje já não podem mais ser preenchidos — nem todas as escolhas de uma mãe são as melhores para a própria filha. Telma costuma suprimir os próprios desejos porque está sempre ansiosa para agradar. Mas as circunstâncias agora exigem dela um pouco de ousadia. Telma é uma fêmea moderna. Vai em direção a uma praia — maré alta, tarde abafada. A noite está difícil numa insônia sem pensamentos, que a paralisa numa espécie de esquizofrenia. *Fugir no lombo largo do mar* enquanto é tempo. Telma diminui a marcha para passar pelo pedágio. Bem à sua frente está um caminhão do exército com duas fileiras de soldados. Eles estão sentados em bancos, usam uniformes para camuflagem e descansam no chão as armas de longos canos para cima. O Brasil não está em guerra e os recrutas olham calmamente para o para-brisa do automóvel de Telma. A dor dela atravessa o vidro e pensa na brutalidade das batalhas. O caminhão agora se afasta, seguindo outro. Lá vão embora os pesados cadetes ao alto pela estrada para uma luta inexistente. Telma os ultrapassa e por isso chora. As armas levam o homem a matar e por isso chora. O sentido da estrada é incerto e por isso chora. A direção é um afastar-se de tudo e por isso chora. A música canta o amor em uma língua pura e por isso chora. O cachorro manca e por isso chora. Um homem desce da bicicleta para subir a ladeira e por isso chora. A brecada trágica marca o asfalto e por isso chora. O rapaz descalço acelera a motocicleta e por isso chora.

O papel de uma mãe é fazer, enfim, a filha menos boba, mas muitas não sabem ensinar porque incapazes de aprender.

Nada para uma mulher urbana, além disso, deixa de ser primitivo e agrário, mas em geral ela tem a regra seminal controlada por prescrições médicas. Seja pelo que for, tenho nojo do sentimentalismo delas. O entusiasmo das mulheres é uma grosseria e é raro levarem nos olhos o cálculo que fazem no espírito. Nunca estão interessadas na verdade, a menos que esta lhes seja vantajosa. Mas o meu horror vem da existência vulvar. Tenho vergonha e asco só de lembrar via de regra uma concepção — minha mãe como uma galinha, aberta *para suportar o peso movediço de um homem*, e sabe-se lá qual. Mas basta de difamação. É preciso presumir inocência, até mesmo de uma mulher. Admito que *o silêncio é o ornamento maior de uma mulher* — falemos agora dos requintes de meu caráter.

A objetividade a meu respeito está nos comentários alheios, mas disso não passo recibo — há de me dar vergonha e o impulso de gritar ou correr; hei de sentir remorso e desejo de morrer —, para quê, então? Sou jovem e ainda tenho tempo de me remediar. E o que mais dizer então de Klaus? Admito que sou bom em fazer da invenção alheia uma descoberta minha. É imenso o prazer que posso ter com o sucesso alheio: é tão grande minha satisfação com o que de bom os outros fazem — uma obra admirável ou uma a ideia genial, por exemplo — que tenho uma maneira segura de roubar a glória alheia. A minha retórica desenvolve-se nos rompantes das grandes descrições, dos enunciados precisos, das longas explicações e justificativas mirabolantes, da exibição pormenorizada das qualidades, com o que conquisto de todos espanto e atenção. Assim meu exagero e inteligência permitem deixar sem nada o dono de qualquer êxito: o cidadão efetivamente responsável por aquele feito. Seja qual for o lance excepcional, narrado por mim o fulano aparece como um esquálido quase ninguém. Pois sou o dono daquela história e só eu a entendo perfeitamente, sou quem a revela agora aos outros, tamanho é o prazer que tiro do que há de melhor ou pior no mundo. Alimento assim minha vaidade, sem muito trabalho e sabendo um pouco de tudo, uma coisa inocente e cujo único defeito é simplesmente não pagar as minhas contas.

Agarra-se a mim a sina de uma grande beleza: a doce fruição da virtude, sem a amarga preocupação de vir a ser um merecedor dela. A beleza física em mim alcança o grau do despotismo. Nascido para ser mais que um sujeito qualquer, sou um jovem viril e de traços olímpicos que despudoradamente leva o mesmo nome do pai. Sou o fartamente dotado — e o melhor sempre me é imputado num ato imediato da imaginação. Ninguém conhece este potencial tão bem quanto eu — e o mundo não tira o que pode de toda a minha possibilidade. Enfim, *altivo demais para o trabalho modesto e preguiçoso demais para o sacrifício exigido por uma grande obra*, a força da circunstância substitui em mim a força de vontade. Não sou capaz de sustentar perante o outro o que ele espera de mim, mas breco antes em nome de não sofrer um abuso qualquer: sou bom em cambalhotas e um mestre no *turning point*.

Com tais atributos, sou o tipo de sujeito que manda um ovo frito de volta à cozinha, caso não esteja perfeito, com a clara serena e a gema intacta. Sou aquele que acha melhor não ficar dando provas de coragem, e sabe disso por conta de mensagens assim:

"Espero que mesmo embutido no porta-malas de um jipe lotado você tenha uma viagem curta e grossa como um sono reparador, pois a noitada à vodca há de exigir um preço alto para cada um de nós. Aqui estou. Amanhece de novo. Escrevo porque não consigo dormir e não tenho mais nada a fazer. Depois que os outros saem, a casa parece esquálida com todos os quartos desocupados e redes ocas e restos de embalagens no chão. O desleixo toma conta de tudo e não sou eu quem vai arrumar. A tarde ao leste guarda uma nesga de céu e vou andar na praia. Ninguém. Só o vento sul encrespando o mar e trazendo chuva. Mas estou faminto e o jantar é um PF no padrão G de comida — nada mal, acompanhado de vinho. Ligo o computador e a TV, nosso time toma um gol depois de outro 1.2.3.4.5 na pior tragédia só minha. A última cerveja é aberta para aguentar a facada dos piores lances. Há outros pelo menos que tomaram no cu feio, mas não tanto quanto nós. Acaba a bebida e vou dormir. Gasto um pouco do tempo tirando redes do terraço com uma chuva cada vez mais brava. Fósforos espalhados sem qualquer bagana digna do nome. Melhor assim, um baseado agora é paranoia garantida. Está escuro, fecho portas de vidro e venezianas. Pego o caderno de esportes porque tem três dias que não cago e é bom eu tentar me desvencilhar deste tipo de dejeto antes de me enfiar dentro de um ônibus. Num cocô de causar hemorroidas, no silêncio da casa acompanhado de um barulho de geladeira, estalos para o motor descansar e o ploc duro na privada, ouço um barulho estranho, um assobio curioso como um código, alguém querendo me chamar, um apito em notas enigmáticas, uma sequência insólita de sons, um instrumento qualquer quase sem vida, a comunicação de um óvni. Descarga eletrônica e adrenalina. Ouço um vizinho na rua comentar o curioso gorjeio do pássaro noturno. Uma ave de mau agouro. Imaginação assombrada. Chuva. A umidade me faz sentir na perna a dor de uma antiga distensão. Na cama é a falta de músculo na nádega que amassa osso na carne e carne no colchão. Não consigo dormir. De olho aberto no escuro percebo as sombras da minha solitária, frito de um lado para outro igual a uma alma penada condenada a revirar para sempre numa cama. A porta do quarto, completamente aberta, e a janela dos outros também. Noto de repente o facho de luz varrendo de longe o ambiente. Relâmpago não é, porque acende em amarelo. A adrenalina me faz ter vontade de correr. Volto para a sala e escrevo este e-mail. A coragem e vaidade de um instante — 'tudo bem, eu durmo aqui e volto amanhã' — não vale a paúra de agora. A gente se fala. Limeira."

Pois bem. Eu, Klaus, admito não ser do tipo que banca o herói. Mas me agradam amigos que tem a coragem de se confessar assim.

Veja agora um retrato meu, bem no início do ginásio. Sou o perfeito intimidador por meio de caçoada. Sou o mestre do deboche: daquilo que é dito com a intenção de provocar riso coletivo a respeito de alguém. Olho para um colega; observo-o bem e o deixo solto, mas na mira. A qualquer instante, sempre diante dos outros, para apanhá-lo de modo inesperado — interpreto mal o que diz, distorço uma única palavra — e arruiná-lo na frente de todo mundo. Faço com que solte a língua, mas ironizo a resposta; o gajo replica e critico sua tentativa de reparo. E vou assim, com a bola no pé, até poder enfiar a faca no fundo. Nada de humilhar um gorducho, o gago da classe, o que usa óculos. Não, o meu jogo é limpo, clássico, ensinado por Sócrates. No fim, em poucas palavras, tenho a alma do infeliz nas mãos — ridícula, caricata, estranha, ingênua, mentirosa, presunçosa. Dali para frente basta meu riso exalar a aversão, a repugnância por qualquer coisa que ele diga. Simples assim.

Um pouco depois na adolescência, eu sou um exímio praticante da antítese na arte de operar com as emoções. Antítese é o nome que se dá ao gesto inútil produzido pela mera necessidade de marcar uma oposição, muito comum entre os animais. Por exemplo, para o cão a antítese é mostrar afeição recorrendo a um comportamento que, embora nada tenha de útil, faz com que ele seja muito bem interpretado: rastejar, abanar a cauda e oferecer a barriga. Ele é imediatamente compreendido, pois sua conduta é apenas o contrário do que costuma fazer o cão hostil, de cauda erguida, cabeça levantada e andar empinado. Um homem pode ser um mestre nisso. O sujeito preocupado em agradar, por exemplo, é alguém que fala muito, tudo o que lhe parece adular o outro; e ainda se faz de interessado, até subserviente. Ouve e interpreta com inteligência e de bom grado, até mesmo as maiores tolices de quem ele quer agradar. Faz isso deliberadamente, para valorizá-lo — atitudes que, sem as próprias palavras, dizem "preciso que goste de mim". Uma pessoa bela, no entanto, já recebe sinais abundantes, espontâneos e intensos de afeto — mesmo que venha junto algum lixo sentimental. Em geral é amada antes mesmo que nela entre em operação aquele tipo de empenho por afeição, e para deixar bem claro que dispensa solenemente o sentimentalismo grosseiro vindo de gente como *você*, basta adotar a antítese do adulador: fala pouco, mas opera o olhar; economiza argumentos. Se além de bela, a pessoa é ainda um tantinho cruel — coisa não rara de acontecer — examina tudo, mesmo achando o outro um jumento rematado, passeando nele os olhos calmos mas cáusticos, numa dança espontânea, num longo e veladamente lascivo escrutínio, com a voz neutra, e o afeto ora declinando o seu desprezo, ora aludindo um genuíno mas fugaz interesse. E com isso claramente diz, por meio de rodeios sem palavras, "não preciso que goste de mim... aliás, dispenso a tentativa de querer me agradar, ao menos enquanto *eu* não souber muito bem que tipo de gente é *você*". Ponto. Assim é a vida — *oi kaloi kai agathoi* —: uns são bem mais belos e melhores do que outros. Digamos que eu seja um deles. Os meus personagens estão saindo de mim, e é tudo muito inocente.

    Telma chega à praia. Anda ligeiro com os olhos embutidos na mente, um escrutínio sem qualquer propósito, ela está na zona nem fora nem dentro de si, no terceiro mundo, naquele purgatório onde passa, aliás, a maior parte do tempo. Talvez seja um estado bastante comum entre os que usam óculos — além disso, tem o *vitrium* descolado — mas, no caso, isso vem induzido pelo desconforto com os cabelos que exibem volumes incertos. Contudo, ao seu redor uma beleza escandalosamente delicada anuncia o dia: esplendoroso, há de se impor a tudo, mesmo ao menor verme, até a uma cegueira que escarafuncha um coração — o caso de Telma, precisamente, naquele instante. A sombra que ela vê de si varrendo a areia lavada, com traços largos e cinzas, confirma o sentimento de sua inadequação. Por isso Telma tira os olhos do chão e foge procurando a mira no mundo, no pensamento de entender uma causa desse erro. É o instante em que é esmagada pela paisagem vista como numa primeira vez. Telma conhece aquele lugar como a palma da própria mão, percorre com os olhos calmos e proprietários o imenso latifúndio de 180° de águas atlânticas, matas tropicais cercado por serras confinando o mar. Telma pode se sentir dona daquele lugar, daquela pequena baía, um lago que vai se fechando com sua escolta de ilhas, esta maior, esta menor, até a monumental Ilhabela. Abre o foco. Seus olhos agora inspecionam os cantos, cada casa, as cercas, canoas. Uma escuna. As amendoeiras, barcos ancorados no mar. Depois se fecha na alma, agora um pouco mais altiva. O gorjeio de um pássaro é incomum como o apito de uma escola entrando na avenida. A praia está deserta, por volta de sete da manhã. Um bando de saracuras faz arruaça na beira do mar. O socó espia. Telma com a convicção de ser a dona daquilo tudo está firme ao leme da imaginação. Agora que respira fundo e diminui o passo é capaz de notar que lhe dói o quadril. Um circuito qualquer de seu cérebro produz a consciência da assimetria do corpo. No seu caso, tudo o que vai pelo lado direito é percebido como ligeiramente franzino, dando-se o oposto com o rosto que vê — a cicatriz, o vinco na testa, a lente pesada de miopia. É uma forma de justo equilíbrio dos defeitos. O pensamento foge da melancolia. Telma empenha-se em ganhar o mundo e se não for mais capaz, esforça-se em manter algum poder diante dele. Satisfeita deixa-se agora acariciar pela paisagem, de ânimo rendido, até tornar-se sensual, desejando que assim a vida lhe amacie a carne arredondando bem as curvas, o molejo da cadeira e o estralar de juntas, o prenúncio de orgasmo. Agora, depois de um arrazoado interior, pode expressar em palavras uma nova crença: um bom exercício diário e regular é o de olhar o mar, percorrer a linha do horizonte, cuidando dele, porque o mar é absolutamente seu. Uma esperança de curar-se de tamanha covardia que é viver tão dentro de si. A vida de uma pessoa cabe inteira num único dia. O resto do tempo é repetição. Telma caminha altiva. Um cachorro imaculadamente branco aproxima-se dela e late. Telma fenece um pouco, mas percebe que é uma questão meramente espiritual e caminha ainda segura de si. Cruza com uma senhora encasacada e trocam o bom-dia, numa espécie de conta conjunta e certidão de posse. Os verdes resplandecem de umidade e o anil do céu penetra fundo machucando a individualidade de todos. Telma imagina-se então acompanhada de um homem imponente, belo e de preferência rico. E reconhece que assim pode se sentir muito bem, pois é costume respeitar mais uma mulher que esteja ao lado de um homem, por pior que ele seja. Telma faz de conta que esse homem existe e que está bem ao lado dele, e continua sustentando este sentimento na própria imaginação enquanto caminha. Por um momento sente-se em paz. Pronto: pode voltar para a narcose costumeira de sua vida.

Está dada a deixa para mim. Eu sou Klaus, o namorado inexistente de uma moça nada mais do que passável, Telma. Entro na sala e ao menos para *uma* pessoa, este é o acontecimento mais importante da aula em andamento. A voz do professor é imperativa. Aguardo sem me movimentar um fim de frase, a conclusão de uma ideia, ...
..... "... pode ser expressa *a priori* e é esta: o mundo à sua volta está lá somente como representação, apenas em referência a outra coisa, a saber, aquele que representa: si mesmo. Este, que conhece todas as coisas e é conhecido por nenhuma é o sujeito — condição universal de tudo o que aparece."................ para onde vou?..........................
ali.................. já......... posso ir: agora............................
....
.... tento ouvir, e ouvo: "tempo, espaço e causalidade".................. tento entender....... "validade"....... insuficiente ainda, preciso de mais..................... "é somente sob esta forma"..........
.... "e essas metades são inseparáveis — sujeito/objeto — mesmo em pensamento, pois cada parte tem sentido e existência apenas uma para e através da outra, limitam uma a outra imediatamente, onde começa o objeto, acaba o sujeito. A natureza comum e recíproca desta limitação é vista no próprio fato de que as formas essenciais e universais de todo objeto — espaço, tempo e causalidade — podem ser encontradas e totalmente conhecidas, a partir do sujeito e ainda sem o conhecimento do objeto mesmo, o que vale dizer, em linguagem kantiana: residem *a priori* em nossa consciência. alguma dúvida?"..
....

.... "bem, fazemos então um intervalo e voltamos em dez minutos."... zum zum zum zum zumzunzunzunzunzunuuuuu............ "oi, tudo bom?" .... zun zun zun zunzunzunzun zunuñn..... "oi"........ "vambora fuma u cigarro?"... ãã.. ...."vamo". ~aaããa~~aããã~~a~~aã~~a~~~~~~~~~ ~~~~ããã~~~~~~~~~~a~~~~a~~~~~~~~~~~~~~~ãã~~ã~ ~ããaaa~~~~~~~~~~~~~ "o isqueiro, por favor"... "e aí?".. ... "de nada"... ããã~~~~ ^^^^^^^^^^^^^^^^zunzun-zunzunzzunzzzzzzzzzzzzzzzzzzzzzzzzz^^^^^^^^^^ "sim... sim".. aãã~~~~~~ ~~~~~aa~~~~ãã~~a~~aã~~ã~................. "atrasado".... .... "não... hoje não............... não sei onde está" zun-zununzunzun ã~~a~~a~~~~aaaa~~~~a~~................. "ó ele tá entrando".............. zunzunzunz .... "a lista?"...... ãaãa~~~ "ei..... vamos começar?"............. "silêncio, por favor"... shshshshshshshshsh... psiu..................... "a principal diferença entre todas as nossas representações é aquela entre intuitiva e abstrata. Por ora tratemos da intuitiva, que inclui o mundo inteiro — ou toda a experiência — junto a suas condições de possibilidade, que podem ser diretamente percebidas e não são uma espécie de fantasma emprestado da experiência pela repetição"................. ~~~~~~ããããa...... levantar a mão................. agora: "pois não?"... "professor, eu tenho uma dúvida"........ "sim? qual o seu nome, por favor?"... "klaus"... tremo... "posso voltar um pouco? há uma coisa que não entendo bem; na verdade tenho a impressão que esse senhor não é um indivíduo da mesma espécie que eu".................. "a quem você está se referindo exatamente, klaus?"................. "bem...... ao sujeito que o senhor está comentando... enfim, a qualquer um que pense dessa maneira, como os dois filósofos mencionados"... .... "espere um instante, está aqui... quer dizer, não posso aceitar que... aqui está: *as formas de espaço, tempo e causalidade podem ser encontradas e totalmente conhecidas.......* é isto aqui que me espanta... *totalmente conhecidas a partir do sujeito, sem o conhecimento do objeto mesmo...* mas, como assim? *Sem o objeto* significa, então, que o sujeito nada percebe; pois não existe realmente a circunstância em que um objeto não esteja, em que o mundo desapareça — logo, o objeto necessariamente está lá; mas a tese afirma que o sujeito não depende do objeto para conhecer tempo, espaço, causa..... é isto mesmo o que este filósofo pretende dizer?....... Imagine então um sujeito cego, surdo e mudo.......... E esse filósofo sugere que, mesmo assim, o infeliz pode conhecer totalmente a forma de espaço, tempo e causalidade?....... é disto que ele quer me convencer?................. Não, decididamente não posso aceitar, não concordo com isso; ou então sou um animal de outra espécie; pois comigo não é assim. Se o objeto não está onde deve estar — seja lá porque o mundo de repente desaparece, seja porque me torno incapaz de perceber qualquer coisa — em ambos os casos, tenho a impressão que o sujeito está num negror tão absoluto, sendo este breu o oposto perfeito da clareza mental dada pela forma espaço, tempo e causalidade na imaginação de alguém."

Sou a legenda alimentada por mim mesmo, como aliás qualquer um de nós. Mas não pretendo cansar o leitor com o restante da aula: o professor tenta me demover do bastião conquistado; a classe vai se esvaziando e os poucos que permanecem são como alunos ouvintes — não estão comprometidos com nada e não precisam fazer a prova —, mas quando a conversa inconclusa míngua de todo, dizem que entendem bem melhor o que eu digo do que as explicações do professor — e não se trata de qualquer balela, como pode pensar o leitor. Mas o importante é que lá está a conversa com um professor — note bem, uma das melhores aulas do meu tempo. Esta história é a pedra fundamental do meu reino e inaugura uma reflexão pessoal — eis, enfim, uma ideia original:

A teoria do veio circunstancial

O homem experimenta uma forma complexa de ser: "estar" e "não estar" ao mesmo tempo — uma forma contrária, portanto, ao Princípio de Não Contradição (nada pode ter e não ter um mesmo atributo sob um mesmo aspecto). A experiência de estar o homem atribui ao espaço, e a de não estar o homem atribui ao tempo. Um exemplo: estou aqui diante de uma tarefa por fazer. Forma de estar, no meu caso: eu comigo mesma — mulher, mais de cinquenta anos, com a coluna vertebral avariada (sentimento único, exclusivo e só meu, embora qualquer outra possa perfeitamente bem imaginá-lo). Formas de não estar, no mesmo caso: colocar-me diante de um dever — lançada uma ideia fértil e granjeado o apoio para realizá-la, solto-a neste instante para zanzar em meu quintal, com a expectativa de que a secreção disto tudo seja precisamente esta frase, que deve compor o livro que estás a ler. A forma de não estar é, em outras palavras, pensar no livro que idealizo enquanto o escrevo. Aquela é organizada espacialmente — material, circunstancial e única. Esta é organizada temporalmente — em sucessão e na horizontal — ou cognitivamente — em empilhamento e na vertical.

A identidade de cada pessoa é dada por seu veio circunstancial — único e mesmo. Cada indivíduo é um banco sempre movente de humores no qual se inscrevem as próprias circunstâncias. A base mesma de humores flutuantes é uma codeterminante no modo como somos afetados pelas circunstâncias. A pessoa é variação sob variação. E também variação (sujeito) ante variação (objeto). Cada um experimenta a constância da variação, e é deste lugar que emergem seus julgamentos e suas decisões, que versam sobre algo que é também constantemente variado.

Em suma, só este enunciado é sempre e não muda: tudo é variação sobre variação.

Admito ser uma teoria estagnada e já há um bom tempo — aliás, desde a primeira exposição — recebida com frieza por um professor e capaz de tornar aborrecida toda e qualquer conversa. E estou ciente que não é difícil refutá-la. Mas eis, enfim, uma ideia minha e original, e isso para mim não é pouco. Contudo, posso tentar conduzir o leitor por um segundo caminho. Antes, um passo atrás: dois instantâneos de Telma.

A garota está na rede. Hoje é feriado municipal. O guarda da rua mostra todo o seu mau humor ao responder ao bom dia dela com um resmungo. Telma desvia os olhos, mas encontra uma virilha a combater. Chove a cântaros. Não adianta querer comprar a bananada que sente desejo de comer. O mercado está fechado e a quitanda também. Telma faz de sua rede um barco, uma canoa só sua, uma espécie de caiaque mar adentro. O terraço está vazado de goteiras. As vidraças da sala estão fechadas e lá dentro a mãe faz um trabalho manual, a irmã caçula assiste ao mesmo desenho pela quarta vez. Telma tem o tema de cor. *De olhos azuis aqui está um bebê, vindo do céu, só pra você. Hoje seu sonho vai se realizar. Chegou o filhinho para a senhora amar.*

A distância omite e o silêncio corta. Telma está longe daquela casa, porque para ela o mundo bom é o compartilhado com os amigos, e se sente bem com isso e com as histórias de enrolação para beijos e outras partes mais conjugadas que já estão ficando antigas. E por isso já traz um livro (aquele há muito por ler) e uma almofada e a manta de algodão em caso de um pequeno frio ou sono. Ela tem quinze anos, está cheia de planos que deseja realizar. Porém sente-se comprimida pela expectativa da mãe por não ter ainda arrumado um namorado — sempre um álibi para libertar uma mulher. Mas depois que se casa, em geral, a mulher se agarra ao marido e chama essa dependência de amor, acredita que o trabalho dele dê conta de manter as duas vidas e deixa o melhor da própria capacidade definhar até morrer ou permite que uma educação qualquer faça dela o que os outros esperam de uma mulher, pois assim tem garantias de afeto. Quando uma mulher percebe que isso não é ela, quase sempre é tarde demais. Telma tem vontade de ser avó, mas não mãe. A avó é quem guarda para a neta os detalhes de um mundo que já não existe mais — exatamente o que ela gosta de aprender. Sabe que ter uma casa e formar uma família é uma maneira de criar uma convivência estética, na qual a mulher em geral fica com a maior parte do trabalho. Pessoas nunca coincidem na singularidade — cada um tem sua própria praia interior, seus mares, dias de ressacas ou de luz — mas na beirada um mundo encontra o outro e estes precisam conversar. E por isso há tantos choques e mágoas entre as pessoas. A vida pede água com mais frequência do que elas são capazes de admitir.

Telma agora já sabe que com a idade a consciência brota mais robusta, mas o corpo não, ao contrário: passado o auge da carne no arco arrastado de prazeres e sofrimentos de cada corpo, o fenecimento é natural como o do fruto depois da flor. Mas toda hora é hora de ter companhia e sente-se feliz de manter na rotina o talhe vigoroso de um corpo em bom patamar. A beleza não é exatamente um atributo seu e sabe. O crânio parece que não ajuda as bochechas a ficarem onde deveriam estar, como montanhas onde se põe os olhos como dois sóis, e falta no conjunto alguma harmonia e uma pitada a mais de alegria, no neutro da boca que parece ter sido fechada à força. Não, nisso tudo a natureza não a favorece. Mas a alma de Telma parece que pode bem mais e enfia-se no ambiente em que muitos sonham viver, sugerindo boa capacidade de enfrentar uma rotina a dois — e vive ali. Sustenta ritmo e qualidade com graciosos esporões de felicidade nos fogos de uma criação difusa. Na convivência entre mulheres e homens, a questão crucial é: quantos são? Dois ou mais de dois? Quais são eles? Este é o ponto, o dilema. Este é o prêmio da diversidade ao acaso, numa espécie curiosa mas dolorosa de *cotillon*. E depois, a formação de uma alma estética, o lugar comum de símbolos e emoções. Uns melhores, outros piores, esses são os mundos que as mulheres têm a dar ou vender, e onde surgem para elas a afinidade ou a aversão de um homem — uns melhores, outros piores.

O Jardim do Éden ou da Santa Casa

(Outono)

O tempo não é mais do que moldura para enquadrar o que lhe é estranho.

Meu nome é Marcabru. *Filho de uma pobre mulher — Maria Bruna —, engendrado em noite de lua estranha e lançado à porta de um homem rico, sou a voz maldizente que acaba assassinada pelos castelãos de que falo mal — morto aos vinte e um anos —: estripados sejam, forrados com merda de porco!* Venho do levante e avanço como um persa, sou a influência que deságua no ocidente como um maniqueísmo curto, peculiar — bem/mal, luz/sombra, homem/mulher. Sou um espírito dualista e poderoso, praticante de dieta vegetal. Eu sou aquele que abomina a procriação e meu hálito abrasivo atiça a misoginia. Os homens experimentam algo complexo quando atinam com a imensidão do mundo ou com o fruto dos próprios atos. Os epilépticos, por exemplo, diante disso são tomados de terror, e deus se mostra então como um decreto fulminante. Sou as palavras dessa voz, em meio a noite escura. Rondo a consciência esperta de quem pretende se confessar. A verdade dói e a dor não é culpa do mensageiro. Falo para quem me entende. *Escoutatz!*

Eis o sonho, não importa de quem. A menina/bebê está nua e saudável e seu cestinho ajustado ao corpo como casca de fruta seca. Quando o olhamos bem, vemos que está cercada de gravetos mortos; ainda mais de perto, percebemos que se aninha em uma coroa de espinhos: o bebê é um homúnculo Jesus.

Seis e quarenta da manhã. Os sinos qual espíritos protetores tocam em solenidade cidadã. A igreja acende suas luzes. Os fiéis, porém, já estão lá: homens de um lado, mulheres de outro. Há quem ore nas capelas laterais pelo santo de particular devoção. Um monge acende as velas do altar e o refletor voltado ao púlpito. Um rapaz toca as chagas de Jesus enquanto faz suas súplicas mudas. E eu bato a primeira bronha do dia. Arregaço e espremo para ter certeza de que não tenho gonorreia. Mas basta de imprecações.

Primeiro quero dizer que o livro está em seu momento crítico. A ausência da música se faz sentir de maneira absoluta nesta que tende a ser a pior parte da história. E não por outro motivo que a falta de som e da trilha apropriada. Toda a narrativa escrita sofre de uma mesma escassez, que em alguns casos é fatal: o silêncio imposto pela leitura. Mas nem sempre o melhor é estar separado de qualquer emoção. Em certos casos é imperioso preservar o acesso do sentimento adequado à razão. O tema deste capítulo é um exemplo disso: a música é capaz de levar o espírito por um caminho, e minhas palavras para um outro.

Que se faça na imaginação a música, única arte sem raízes clássicas. De preferência em uma igreja. Que se ouça a rigorosa homofonia do cantochão. Que a música dos céus agora seja um coral perfeitamente uníssono. Que os hinos e salmos vindos de um passado remoto sigam fielmente a reforma de Gregório, o Grande, em inesgotável riqueza melódica. Pois, da tensão entre o recitativo e o ornamental com notas estendendo-se em modulações e melismos — coloraturas que nem respeitam mais a métrica das palavras — em pouco tempo há de irromper a sílaba desmembrada, cujo rebento é a segunda voz. Que a construção de blocos sonoros seja tão majestosa e imóvel quanto uma igreja românica. Que engendre na música regras de precisão matemática coordenando inúmeras vozes. *Uma música que ressuscite todos os nossos pesadelos, que varra da consciência nossos sonhos medíocres.* Tentativa vã? Tu mesmo podes percebê-lo: o silêncio impera. Apure bem o ouvido, o máximo que se ouve são os miados esganiçados das gatas no cio, seus guinchos de prazer imiscuídos na dor. Nada mais. Aqui vai, portanto, nada mais que um rascunho, o osso, o bagaço de sentimentos que apenas com palavras não sou capaz de reviver.

Verão da Idade Média. Faço eu uma segunda voz, já não se pode evitar a discordância. O feudalismo débil é um mundo que não cogita mudar: o cerimonial do antigo herói, a justiça sem meio termo, a estetização da vida numa eloquência solene de brasões e flâmulas; toda uma linguagem de cores, de signos, e uma gramática para as regras de precedência *ad absurdum* pautada numa heráldica caduca, para expressar com veemência os contrastes da vida — sofrimento/alegria, doença/saúde, punição/perdão — em que impera o despotismo do arbitrário, inclemente e implacável. O eremita sai de seu cubículo e ouve a trova nos castelos e a música profana das aldeias. A maneira aristocrática é assaltada pela grosseria popular. *Por mim, que o populacho invada o claustro, fornique entre si, esfole os frades, curre os padres e, por fim, que lhes decepe o membro. A minha ordem é mutilar e, quando capados, que a horda enfurecida corte-lhes a cabeça, desocupe os miolos e façam de seus crânios lanternas.* Os costumes são brutais, mas os monges e as beguinas rezam e cantam suplicando a deus por esses pecadores: *vozes da angústia religiosa em tempos de agonia moral.*

Da cruz pendem balanças com duas luzes vermelhas. Edla ouve o sino, ajoelhada. A posição deve lhe ser penosa, mas por humildade ela se mantém ali, numa atitude de profunda meditação. Afasta o que lhe vier ao pensamento. Ela está bem-vestida em variações de ocre: uma saia estampada e muito bem cortada, uma blusa sem gola e sem mangas num tom mais claro em malha de linha. Os cabelos estão grisalhos, lisos e curtos num corte moderno, usa brincos de marfim. Ao olhá-la pelas costas pode-se perceber o aparelho auditivo auricular. A aparência aspira ao bom gosto e sugere que trata-se de alguém um bocado mais rica que os demais. Está agora sentada. No banco, uma sombrinha bege e a bolsa de couro marrom combinando com o scarpin de salto baixo repousam ao seu lado. O séquito de vozes oficiantes entra pela esquerda: dois padres, dois sacristãos e dez monges num cantochão em latim.

A missa segue um curso sonâmbulo cantada em cinco partes: Kyrie, Glória, Credo, Sanctus e o Agnus Dei. O oficiante anuncia a primeira leitura. O nascimento de Samuel, 1º Livro: *Havia em Ramataim-Sofim um ho-*

mem das montanhas de Efraim, chamado Elcanã, filho de Jeroão, filho de Eliu, filho de Tolu, filho de Suf, o efraimita. Tinha ele duas mulheres, uma chamada Ana e outra Fenena. Esta última tinha filhos, Ana porém não os tinha. Cada ano subia esse homem de sua cidade para adorar o Senhor dos exércitos e oferecer-lhe um sacrifício em Siló, onde se encontravam os dois filhos de Heli, Ofni e Fineias, sacerdotes do Senhor. Cada vez que Elcanã oferecia um sacrifício, dava porções à sua mulher Fenena, bem como aos filhos e filhas que ela teve; à Ana porém dava uma porção dupla, porque a amava embora o Senhor a tivesse tornado estéril. Sua rival afligia-se duramente, provocando-a a murmurar contra o senhor que a tinha feito estéril. Isto se repetia cada ano quando ela subia à casa do Senhor; Fenena continuava provocando-a. Então Ana punha-se a chorar e não comia. Seu marido dizia-lhe: "Ana por que choras? Por que não comes? Por que estás triste? Não valho eu para ti dez filhos?".

 As mãos de todos ao alto. E o Pai Nosso é rezado como uma grande corrente.

 Leitura do Sacristão: A vocação dos primeiros apóstolos. Evangelho segundo são Marcos. *Depois que João foi preso, Jesus dirigiu-se para a Galileia. Pregava o evangelho de Deus e dizia: "completou-se o tempo e o Reino de Deus está próximo; fazei penitência e crede no evangelho". Passando ao longo do mar da Galileia, viu Simão e André, seu irmão, que lançavam as redes no mar, pois eram pescadores. Jesus disse-lhes: "vinde após mim; eu vos farei pescadores de homens". Eles, no mesmo instante, deixaram as redes e seguiram-no. Uns poucos passos mais adiante, viu Tiago, filho de Zebedeu e João, seu irmão, que estavam numa barca consertando as redes. Eles deixaram na barca seu pai Zebedeu com os empregados e o seguiram.*

Na hora da comunhão, Edla deixa a bolsa e a sombrinha no banco, ao contrário do populacho que recebe o Corpo de Cristo de mochila nas costas e pastas às mãos. Retorna ao banco, apanha o missal, guarda-o na bolsa e fecha o zíper. E então se ajoelha. Uma luz singela entra pelo colorido acidentado dos vitrais. Corações ao alto. É o efeito do milagre previsto na liturgia, que acontece toda e a cada vez que um padre celebra a transubstanciação. O coração de Edla por um instante está em Deus. Mas agora está de volta. Persigna-se por três vezes de maneira algo compulsiva como a tatuar em si mesma o atestado daquela fé. Senta-se, mas agora vigilante coloca a bolsa à esquerda e olha furtiva para trás.

A Edla de hoje é um retrato de conversão tardia ao catolicismo, mas na base disso tudo está o fundamento cristão que com suas placas imensas ajusta-se pesado para conter um verdadeiro vulcão. O movimento daquela reviravolta na vida de Edla é uma espécie de dueto com Anton, numa etapa aguda da convivência dos dois. Esta é uma verdade que a mim cabe contar. Sou o fole que de tempos em tempos sopra sobre a Europa ventos de reforma. Vejamos em que pé se encontra a cristandade.

Com sua religião restrita a um império em derrocada, a Igreja precipita seu próprio desmembramento tentando freá-lo com golpes de ortodoxia. No Egito, Síria e Armênia, igrejas alienadas vagueiam ao léu. O papa Leão I está acuado como um gatinho diante de tribos invasoras. As invasões de vikings, magiares e sarracenos sacodem o trono carolíngio, e o sistema de partilha hereditária está em frangalhos. O quadro geral é de recessão: despovoamento — aldeias e cidades entregues aos chefes conquistadores —, recuo territorial e desativação de portos. Novo abalo. E o cristianismo, prestes a ser implodido: cisão entre Roma e Constantinopla. Na Gália e na Espanha, igrejas seculares e independentes estão adoentadas por corrupção. Ainda está de pé, mas em bases bastante excêntricas, a igreja nestoriana da Pérsia e os cristãos celtas da Irlanda.

Se há motivos para rejeitar o cristianismo? Disso, posso falar.

O Novo Israel é uma fé gentia, um judaísmo reformado para atrair pagãos das classes baixas e escravos — e quando fica claro que não são membros da sinagoga, tornam-se alvo de um desprezo ainda maior. É uma religião de fanáticos, de ímpios que rompem com a fé original. O cristianismo é um retrocesso de um certo judaísmo que não quer morrer.

A primeira narrativa da vida de Jesus é a de um homem perfeitamente normal: um carismático curandeiro que vive no norte da Palestina. Talvez um fariseu, da mesma escola de Hillel, um pregador da bondade e caridade como os mais importantes *mitzvot*. Nenhum judeu pode de fato conceber a ideia de que Javé tem um filho, exatamente no mesmo sentido em que procriam os ídolos e as divindades dos abomináveis *goyim*. Jesus é discípulo de um essênio — João Batista, um asceta errante que prega o rito de purificação e que reconhece imediatamente nele o messias — e saudado como tal, quando entra montado em Jerusalém. O cristianismo é uma invenção do evangelho segundo Paulo, que faz de Jesus mais do que um homem comum — Deus dá a ele poderes especiais, entre os quais o de perdoar pecados. Jesus mesmo nunca diz que esses dons são exclusivamente seus. E Paulo, convencido de que não judeus podem ser membros do Novo Israel, acredita que os poderes são acessíveis aos *goyim*. Mas Paulo jamais chama Jesus de 'Deus' e certamente não o concebe como a encarnação de um deus — pois esta doutrina é um escândalo para qualquer judeu.

Os primeiros cristãos acham que Jesus, cujos poderes estão incorporados neles, de algum modo misterioso ainda vive. No oriente, o cristianismo avança, espalha-se e em dois séculos é uma religião importante entre os romanos. Torna-se um credo urbano e atrai homens e mulheres de todas as classes sociais — tem todas as vantagens do judaísmo, sem o ônus da circuncisão. Agora os cristãos já podem falar em sua grande Igreja — uma central única da fé, multirracial e administrada por burocratas eficientes. Por decreto, decide-se que Jesus é Deus na forma humana, e sua crucificação, a maneira que o Pai encontra de expiar o pecado original de Adão. Em breve, a seita dos que imploram um pouco de tolerância vai perseguir e matar gente como eu, Marcabru.

E como pode triunfar o cristianismo? Isso decerto se explica pelo assistencialismo da Igreja Católica e pela misericórdia do cristão. O credo é apenas um sentimento. Homens educados de todos os tempos buscam a filosofia e não uma religião — dispensam a salvação grotesca por meio de um messias crucificado.

Se há razões para que refutem o cristianismo? Aqui estão.

Em primeiro lugar, o dogma da trindade é uma blasfêmia. Como pode Jesus ser Deus do mesmo modo que Deus Pai? Afinal, há ou não há uma diferença entre o Deus Único e todas as suas criaturas? Jesus permite atravessar o abismo que separa Deus do homem. Mas como é isso? De que lado Jesus está, afinal, é humano ou divino? E a palavra ou sabedoria usada por Deus na convocação das criaturas, que status tem? Não está claro e a discussão é um desperdício de tempo, mas os cristãos não apenas demoram no bate-boca, como escolhem o paradoxo da encarnação: a crença na descida de uma palavra feita carne no mundo da perdição. Em segundo lugar, a criação *ex nihilo* é um contrassenso lógico que nem mesmo um escravo grego é tolo a ponto de aceitar. E um mundo criado do nada só por vontade de Deus, aliás, torna o universo frágil em ser e continuar sendo um dependente absoluto do ânimo de seu criador. Pois assim como do nada abissal Ele invoca o mundo e todas as criaturas, do mesmo modo e a qualquer momento pode retirar a mão sustentando tudo. A doutrina é uma espada enfiada na inteligência do homem. Em terceiro lugar, uma doutrina de eleição — seja a de um povo escolhido e mesmo para aliviá-lo de uma opressão, seja a de indivíduos favorecidos com a promessa de salvação — requer um antropomorfismo grosseiro, revela um partidarismo revoltante e pouquíssima misericórdia para os não escolhidos. Nisso pretende-se que Deus, além de um agente voluntarioso, seja exatamente como um de nós e membro de nosso grupo — um motivo rapidamente evocado para o endosso de ódios, preconceitos e justificativa de desmandos, fazendo-se disso tudo verdades absolutas. São crenças úteis em tempos de insegurança política, mas depois crescem como ondas de fundamentalismo, mostrando o verdadeiro rosto em guerras santas e cruzadas sangrentas, na selvageria de matar homens sem saber o porquê. Pois para quem crê ser um escolhido é difícil aceitar que talvez esteja interpretando tudo de forma totalmente equivocada — ou mesmo convencer-se de que escolhas não implicam sempre um privilégio, e em certos casos trazem enormes responsabilidades. Por fim, qualquer homem racional admite que não há meio de se conhecer a natureza de Deus. Verdades últimas só são captadas na intuição livrada com muita disciplina mental. E a preguiça do cristão costuma fazê-lo pular esta parte.

Movediça ou não, a base religiosa de Edla ao menos repousa em fé cristã reformada: nasce em família luterana, mas já menina estuda a vida toda em escola presbiteriana, de maneira que há tempos a moral da divina comédia está fixada na consciência de Edla pela voz puritana do arcanjo Miguel: *acrescenta fatos a teu conhecimento, fé, bondade, temperança e amor; escolhe um lugar para ficar e possuirás um paraíso dentro de ti e muita felicidade.* Crê que expulso do paraíso, o homem não está perdido, pois tem o mundo pela frente e tem por guia a providência. Crê que a humanidade existe por e para Deus, e que o curso do mundo é engendrado exclusivamente para Sua glória. Que só Deus é livre e Seus desígnios podem se revelar a nós somente se Ele assim o quiser. Edla crê também que os padrões de justiça forjados pelo homem não fazem sentido na apreciação de Sua providência. Eis a visão puritana do mundo que tenta empurrar Anton por seu caminho. Até aqui e sem maiores dificuldades, ele vem. O sobrinho vem boiando, mas vem. E segue com as mesmas crenças da madrinha.

O problema para Anton parece estar na segunda parte da doutrina calvinista: o *decretum horribile*. Se o destino de cada um é decidido por Deus e apenas uma parte dos homens está salva, se ninguém pode ajudá-lo, pois não há confissão, tampouco salvação pelos sacramentos, a questão relevante é saber: quem são os escolhidos? E se é humanamente impossível encontrar uma resposta para ela, a constatação é brutal: o indivíduo está condenado a cumprir sozinho o seu destino. E é assim que o dogma da predestinação vai aos poucos se assentando na inconsciência de Anton sob a forma letal do fatalismo.

E isso é justamente o que Edla, por sua vez, empenha-se em combater: crê que o homem tem o dever de considerar-se um escolhido e que o verdadeiro puritano é quem cria para si — e por meio de uma vocação para o trabalho diligente — a convicção de estar entre os eleitos. Crê que Deus deseja uma sociedade moldada aos Seus preceitos e que a utilidade compartilhada de todas as boas obras coopera no universo para a glória Dele. O lema de Edla é "Deus ajuda quem se ajuda" e ela quer incutir no sobrinho a ideia de que pelo trabalho o homem de valor constrói a fé em sua própria salvação. Não que Anton seja totalmente incapaz de alguns períodos de muita labuta, pelo contrário. A dificuldade para ele está na constância. O padrão moral de sua tia exige uma vida de boas condutas coordenadas num sistema único e por um método consistente. O que Edla espera de Anton é um esforço prolongado para cultivar padrões de motivação, a atenção, as reações e, ligando tudo isso, escolhas racionais. Edla quer formar-lhe o caráter e tenta conter o orgulho de Anton com abalos no sentimento de certeza que o sobrinho tem quanto ao próprio valor, ou podar a vaidade dele sempre que pode, lançando dúvidas de que os outros lhe atribuam algum valor. A tia quer realizar no sobrinho a verdadeira virtude, não apenas o autocontrole, e por uma questão de etiqueta. Digamos que Anton despreze uma amiga de Edla por achá-la uma mulher comum, mesquinha e vulgar, ainda que nada em seus atos indique a opinião que de fato tem da fulana, isso nunca é o bastante para a tia: ela espera que o sobrinho modifique a própria maneira de ver as pessoas. Se estiver inclinado a chamá-la de "grosseira", deve dizer "espontânea", no lugar de "vulgar" qualificá-la de "simples, direta, inesperada", em vez de "mesquinha", "prudente". Para Edla é apenas uma questão de prática e aos poucos uma imagem mais positiva da pessoa supera a inferior. É exatamente disso que Anton se sente incapaz e tem consciência de estar acima de suas possibilidades.

Contudo, ter uma mãe golpista é um dado importante no caráter de um garoto, para o bem ou para o mal, embora não seja tudo. E Anton por experiência própria sabe que algumas vezes é justamente o pequeno vício, escondido, que promove as grandes virtudes: é a vaidade do aprendiz, no instante em que sonha produzir algo para calar o próprio mestre, quando almeja fazer uma obra definitiva, o ponto final da narração; é o orgulho dos alunos e a arrogância de suas pretensões, tudo isso é o que promove neste mundo a beleza criada pelo homem.

Anton conhece o veneno da altivez, mas é abstêmio para a fonte de água que purifica a alma e prepara o solo para um grande trabalho. Anton conhece a fase dos grandes amigos. Primeiro, ainda menino, o seu encantamento por Marco, um garoto mais velho e há muito conhecido nas quadras do clube. Anton em pouco tempo é seu maior admirador; depois, um leal seguidor que termina como vítima preferencial dos desmandos daquele pequeno astro. E com isso vem uma série de conversas privadas, em que Edla convence o sobrinho a não se deixar usar pelo colega. Anton por uns tempos consegue manter-se afastado, mas recai na atração. Há um pequeno incidente de má-fé, com consequências administráveis e que não vêm ao caso, mas justificam a clara proibição dos encontros de Anton com Marco, ao menos com a frequência e nos moldes em que costumavam fazer.

A atitude inteiramente negativa de Edla com os aspectos emocionais e sensuais do ser humano tem parte nessa história. Os sentimentos ficam no passado, o futuro chega depressa. E ela alimenta uma visão do mundo despida de ilusões e contrária à atitude de desfrutar simplesmente a existência e tudo o que possa oferecer. Este é exatamente o ideal de vida que Marco exibe ao sobrinho, além de atraí-lo para um grupo de teatro dirigido por um professor que Edla não vê com bons olhos, embora contra ele nada tenha a dizer. Aliás, Edla não gosta de cinema, nem de artes plásticas e abomina a dramaturgia. Nada disso merece seu tempo ou dinheiro — Edla é do tipo que cuida de tostões. Mas sabe apreciar a boa música, embora jamais ligue um rádio. E mesmo o esporte, segundo ela, só deve ser praticado com o temperamento da verdadeira devoção, em vista de uma alta eficiência do corpo, não como uma diversão.

Depois do encantamento por Marco, começa o fascínio de Moacir por Anton. Mas, para contar a história, é preciso que eu revire um pouco o coração de Edla para mostrá-lo a ela mesma.

Edla acorda ainda escuro, clareando. Um pouco cedo demais na verdade, sem sono mas parecendo hora de dormir, não se sente descansada o bastante e tem o dia inteiro pela frente. Procura luz. No que depende dela, mesmo assim, tudo continua sendo feito para o melhor do mundo. Acende o abajur. Perambula de chinelos no profundo silêncio da noite que se vai. Acende a lâmpada na cozinha e vê uma montanha de louças por lavar: são os vestígios do pôquer noturno de Anton e amigos. Pensa na bandeja de carne desde ontem fora do congelador — é apenas um indício das muitas tarefas a fazer, e Edla se aborrece, mas não muito. Abre a vidraça. Repousa os olhos no horizonte a leste. A cúpula noturna concebe o nascimento do sol e irradia um azul túmido. Amanhece. O espetáculo da aurora leva uns vinte minutos. Pássaros voejam os primeiros passeios rasantes. Uma a uma o coro de gorjeios ganha vozes. O dia fatalmente começa. Edla está lavando a louça, depois de uma caneca de leite no desjejum. Os copos são fáceis mas os talheres a aborrecem porque o senso de perfeição faz com que Edla se alongue no cuidado de cada um, querendo remover exagerada qualquer gordura, uma nódoa turva que seja no fio de alumínio. Bem ou mal, já está tudo no escorredor.

Pensa em Anton num vu repassando sem palavras a história. Mas primeiro, Edla precisa aliviar seu coração, recordar sua própria demanda: queixas a fazer, reclamações, desfeitas do sobrinho, ofensas e injustiças que sofre só na maneira como é tratada. A vida reserva há tempos para Edla a sina de empurrar, carregar, educar e disciplinar o garoto já marmanjo e sequer seu filho, sem lhe oferecer o lado bom do negócio. Pois Anton não lhe traz a lembrança de alguma paixão fulminante regada por glândulas preparando as mucosas e esse tipo de coisa é omitido em sua existência. Na memória, Edla não tem qualquer vestígio da época das cachoeiras, banhos gelados para corpos lindos — porque toda juventude é bela —, de almas puras e loucas por se macular. A idade se anuncia sem que ela propriamente tenha abusado da juventude. E o sobrinho não é capaz de acordar boas sensações que antecedem em geral o martírio de toda maternidade. No entanto, Anton é um fardo que lhe pesa como o traste de qualquer filho: ela o mantém com os próprios recursos, poupando ao máximo o patrimônio de seu tutelado. E toda a mãe tem seus momentos de foda-se, quando não aguenta mais a chateação do filho. Edla não. Aguenta o pulso, com o braço firme, convencida de que não pode falhar. Não larga a mão, ao contrário das mães, mesmo sabendo que alguma consequência imprevista há de ser usada no futuro para recriminá-la sem dó.

Não somos um para o outro a melhor companhia: quando preciso de Anton, ele nunca está; quando ele aparece, só brigamos. E Anton é mesquinho, dá ao outro de má vontade o que lhe é de direito, e cobra sempre muito caro por qualquer generosidade praticada. A vida que quer levar, agora que pode cuidar de si mesmo, há de dissipar o pequeno patrimônio preservado com tanto cuidado durante os meus anos de tutela. Aos trinta e poucos anos de idade, ninguém que decida viver de rendas merece qualquer voto de confiança. Por que Anton não é capaz de se acomodar no emprego como todo mundo? Não fica muito tempo em trabalho nenhum. Do jeito em que as coisas vão, uma hora vende este apartamento e queima todo o patrimônio herdado de meu irmão e em pouquíssimo tempo.

Agora, conto eu. *Meu nome é Marcabru, sou o filho de Maria Bruna, lançado à porta de um homem rico, sou a voz maldizente que acaba silenciada por castelãos de que falo mal. Rondo a consciência esperta de quem pretende se confessar.* A verdade dói, mas a dor não é culpa do mensageiro. Relato em linhas gerais.

Edla repassa toda a história dele com Moacir. Moacir é descendente de libaneses bem-sucedidos. Está no bairro há poucos meses, frequenta a mesma escola, na classe de Anton. Mais velho uns três anos, tem uma considerável dificuldade de locomoção, e a causa é um grave problema na pressão sanguínea da mãe ao final da gestação e as consequências disso para o recém-nascido na hora do parto. Desde então e até hoje o déficit toma o tempo deles com terapias, suga dinheiro e trabalho. Contudo, a família de Moacir é esperta e não deixa o menino para trás. O garoto é malandro na graça com que supera o problema, mas mesmo assim não pode esconder os limites na linguagem e no desenvolvimento emocional, que o conservam numa espécie de vivacidade ingênua. Moacir é encantado por Anton, acha bom tudo o que vem dele e faz de tudo para segui-lo. Anton é paciente e colabora no entrosamento do menino, mas faz da situação uma chance de se exibir, mostrar a liderança que pode exercer sobre ele e os outros. Tudo vai assim muito bem, até o dia em que Anton tem a brilhante ideia de saírem só os dois, de ônibus até a Barra Funda, e baterem de porta em porta pela rua Camaragibe pedindo ajuda para uma festa da escola supostamente organizada pelo diretor. A farsa dura um mês. Ninguém sabe exatamente quanto os dois recolhem. A história vazando como torneira que pinga por acaso chega aos ouvidos de Edla. A medida que ela toma é extrema. A família de Moacir comparece a uma conversa em que os meninos vão por tudo em pratos limpos. O dinheiro não aparece e Moacir conta que está jogado, enrolado por um elástico, caído por detrás de algum muro. Anton confirma e nada acrescenta ao que já é sabido. Pede desculpas, diz nunca mais fazer isso, mas os olhos desmentem a intenção e Edla jura que ele continua disposto a trapacear. História esquecida: o tempo enterra tudo, mas não apaga as impressões. De vez em quando Anton tem lá seus pequenos deslizes de conduta: um troco que some, um presente inusitado e que surpreende Edla. Não há nada de errado com Anton, mas agora os meninos e rapazes que aparecem em casa põem Edla na rota dos procedimentos que seguem o sinal de alerta: são sorrateiros e não os bandos barulhentos que as outras mães da escola descrevem, nos encontros eventuais mostram-se em geral educados, mas sugerem um tipo qualquer de inversão: na expectativa ou no gosto. A alguém tudo pode parecer pitoresco, não para ela, que admite ser a excentricidade aceitável e até mesmo útil em certas situações. Mas Edla prefere nada saber, é uma mulher reservada que não tem o costume de estar metida em intimidades com o sobrinho. Sabe que para todos é melhor quando conversas deste tipo são evitadas. Edla põe olhos em atos, o coração nas atitudes e não é dada a muita falação. A reserva de Edla é o bastante para impedi-la de saber que muitos daqueles garotos vivem por conta do dinheiro que tiram regularmente de homens bem mais velhos e perdidamente apaixonados.

Se há alguma mudança no temperamento dela? Sim. Toda mulher sente o cheiro de paixão a ponto de umedecer-lhe as calcinhas, ou então não pode ser chamada de mulher. Também Edla tem um momento só dela, embora guardado fundo: o desastre silencioso de um homem nu que não enrijece diante de uma mulher. E esta é Edla que, no outono da vida, pressente de súbito as saudades de desejos que há muito repousam insaciados. E como um farol alto pedindo passagem na estrada noturna, vêm por trás dela sentimentos insistentes. Edla vê pelo retrovisor da vida que é melhor dar passagem a forças que parecem esmagadoras. Não obstante a cautela, a questão é que a reserva de Edla se deixa levar, vai embora agarrada ao vendaval que passa por ela, deixando tudo para trás e paradoxalmente indo com tudo pela frente. Estranho? Notas em Edla uma sensibilidade nova, um traço invertido, uma antítese, o prenúncio de uma explosão? Sim e não, ou melhor, a atitude de Edla é mais pitoresca e vem à maneira de uma saraivada de discretas modificações.

Agora, a cena de uma conversão. Mas antes, um passo atrás. Uma recordação da infância de Edla. Na casa vizinha mora uma negra chamada Balbina: uma criatura bondosa, asseada e muito amiga da mulher que toma conta da garota. O quarto de Balbina, que é trazido fechado à chave, a criança visita alguma vez e o lugar lhe parece especialmente sedutor por causa dos santos de barro em seus sacrários, dos quadros de Jesus pendurados na parede, dos rosários e colares. O colchão é alto e de palha, com roupas de cama branquíssimas e perfumadas.

Eis o texto crucial da transformação, e segundo as escrituras: evangelho de Marcos I: 18, 11. *E logo que sai da água vê os Céus abertos e o Espírito que como sombra desce sobre ele. E ouve-se uma voz dos Céus que diz "Tu és meu filho amado em que me comprazo". O rapaz seminu que sai de dentro da água pura do rio Jordão é imediatamente reconhecido por todos que presenciam esta visão como o Messias.* É a cena de Jesus e João Batista. Embora desprezes pinturas, esculturas e deteste apresentações dramáticas, na volúpia do coelho correndo à procura do tempo, Edla escapa da cadeia da própria religião precisamente no instante em que certo dia num canto de praia ao cair da tarde, as últimas luzes do dia mostram a Edla dois belos garotos que se acariciam sem pressa e com cupidez, numa libidinagem mútua. É uma visão lúbrica, fulminante, e escancara para sempre a sofreguidão que ela sente por alguma forma de devassidão. O tempo cobre o episódio com areia. Mas um instante translúcido fixa-se. E o homem Jesus anuncia em seu coração: "É chegado o Reino de Deus". O espetáculo conspurca Edla definitivamente e a escritura embaralha-se numa imaginação: homens nus no rio Jordão; o de joelhos e cabisbaixo é jovem, belo, com seus longos cabelos dourados; o mais velho está de pé, em estado de júbilo, um verdadeiro Hermes com o falo erigido e inscrições de preceitos morais.

Depois disso, basta dizer que os acontecimentos para Edla vão se sucedendo como pedras gigantes desabando sobre a estrada de sua vida, inesperadas e monumentais.

De minha parte, volto às raízes de meu próprio tempo e mergulho fundo, ou pego o fio de minha própria meada ou perco eu o *kairós*: tenho pouco tempo de vida para a minha conversão, ou seja o que for. Sou Marcabru, o *trobar clus*.

Em 610, ao pé do monte Hira, no planalto desértico de Hijaz, um homem chamado Maomé é arrancado do sono e tomado por uma devastadora presença divina — um anjo — que lhe dá uma ordem seca: "Recita!". Maomé protesta, alega que não é um *kahin*, um adivinho inspirado por oráculos. Mas o anjo não quer saber, e imobilizando-o num abraço disposto a espremer-lhe todo o ar dos pulmões, ordena de novo, e só no terceiro abraço aterrorizante, quando Maomé está no limite de sua resistência, as palavras de uma nova escritura começam a jorrar de sua boca — é o *Qu'ran*, a recitação. Em estado de repulsa, temendo virar um recitador extático conduzido por algum espírito caprichoso, ele sai correndo da gruta com a intenção de se lançar do cume alto para a morte, e tem a visão de um anjo que se apresenta como Gabriel. Sem qualquer apoio, sem uma tradição estabelecida que o possa consolar, o Corão vai se revelando a Maomé, aos poucos, linha por linha, num processo aleatório e doloroso ao longo de vinte e três anos, durante os quais ele escuta passiva e cuidadosamente as suras, que se revelam em linguagem truncada, de maneira elíptica e alusiva, e de sentido incoerente. Numa tensão imensa, e de modo inteiramente novo, a religiosidade do Deus Único assim se elabora para aquele povo, por meio de um homem modesto que de início não tem ideia de seu papel. Por um longo caminho, o Corão se revela inteiro. A beleza de seus versículos — os *ayat* — e a nobreza da língua árabe recitando-os em voz alta, o som sagrado envolvendo todos em dimensão divina, por fim, leva os incréus à conversão.

No Corão não está em questão a existência de Deus — todos os coraixitas acreditam em Alá, criador do Céu e da Terra, e o descrente é um homem ingrato a Deus. A escritura não revela ordens arbitrárias vindas do Alto, mas inicia um diálogo entre Deus e o convertido, para que a benevolência divina — da qual ele depende em tudo e para tudo — seja reproduzida na vida. Os antigos rituais de circum-ambulações reorientam a postura do indivíduo, os gestos exteriores — ajoelhar-se duas vezes ao dia para as orações — são um ato de rendição existencial perante Alá, a entrega de todo o seu ser ao criador. Nenhuma concessão é feita ao politeísmo ancestral de seu povo e, embora o monoteísmo encontre grande resistência na cultura tribal dos árabes, em vinte e três anos Maomé, um homem que sequer entende o que seja uma teocracia, reúne todos na nova fé.

O Islã agora avança, vindo do deserto de Hijaz: destrói os patriarcados de Jerusalém, Antióquia e Alexandria, abala forte Constantinopla, chega ao Cairo; e a Cirene, a Tripoli — 647 —, a Cartago — 698 —, a Córdoba — 711 —, e por fim a Toledo — 712 —, no coração da Ibéria. E avança ainda pelo sul da França, até ser barrado em Poitiers — 732. A expansão estanca, com o islamismo firme. O Mediterrâneo é um lago muçulmano no apogeu da ocupação — 950. Mar Negro, mar de Mármara, mar Egeu, mar Mirtoano, mar Jônico, mar de Creta, mar Adriático, mar Tirreno, mar da Ligúria.

No coração da Europa, os ducados abarcados em reinos e o patrimônio papal estão coesos face ao cerco da unidade cultural do Islã mantida em língua árabe. E neste enclave cristão, dá-se o aumento populacional e a colonização interna — desmatamentos, lavouras e excedentes para o comércio local —, alavancando o crescimento. A Europa mostra então sinais de recuperação: é a fase próspera no casamento entre Reis e Papado. Aldeias são fundadas aos pés dos castelos e fora dos limites da propriedade religiosa, aumentando os rendimentos do casal. Agora os palácios abastecidos e a riqueza em terras não são mais capazes de evitar a alienação dos domínios e a dependência da Igreja — no controle das cidades florescentes e dos mercados episcopais. O papado tem um ponto alto no pontificado de Inocêncio III: um estado papal expandido, no centro da Itália, protege Roma. Este é o meu tempo. Os hereges do sul da França são reprimidos. Eu sou Marcabru, a boca do inferno abrindo-se na Provença oprimida. O estreito e incômodo relacionamento da Igreja com os Reinos europeus convive ainda com as velhas disputas pela investidura — os papas continuam desafiando a pretensão do mandato divino dos reis. O desejo de divórcio é recíproco: do noroeste vem um movimento para libertar a Igreja do controle secular, surgido nos ducados de Lorena e Borgonha — onde fica o núcleo monástico de Cluny. Em pouco tempo a separação não é mais uma questão de princípio e sim uma disputa aberta pelo controle da Itália.

É a época de Averróis. Na Espanha, reverencia-se Aristóteles como verdadeiro profeta, lavado como convém de seus falsos adereços neoplatônicos. A existência de Deus pode ser provada pela razão e, do mesmo modo, refutada a imortalidade da alma. É pedir demais para os que se contentam com a fé: exacerba-se o fundamentalismo, que pede a destruição dos filósofos. O iluminismo islâmico replica com uma destruição da destruição: pois a religião nada mais é do que filosofia alegórica. A sabedoria islâmica sofre o primeiro golpe em solo europeu: Averróis é exilado pelo Califa de Córdoba. O Primeiro Renascimento europeu, contudo, floresce na Espanha Islâmica: o arcebispo Raimundo de Sauvetât reúne sábios das três religiões — um judeu, um cristão e um árabe — e a missão é traduzir para o latim a filosofia árabe — Al Kindi, Al Farabi e Ibn Sina. O plano é a edificação da universidade europeia em novas bases: um gesto muçulmano para libertar-se da carcomida escolástica. Antes do fim, minha voz está convertida ao islamismo.

O Cemitério da Consolação

(Inverno)

Não há espelho que nos dê a nós como foras, porque não há espelho que nos tire de nós mesmos.

Estou de luto e não sei exatamente por quem. *Blue moon*. O futuro é sempre diferente do imaginado. Mas não há porque me assustar com a perspectiva imediata de reorganizar tudo e ter de fazê-lo tão profundamente que pouco reste do meu passado. E posso suportar o meu desgosto em silêncio. "Senhor Anton Blau? É com pesar que comunicamos o falecimento da senhora Edla, nossa mais antiga residente. Podemos conversar sobre as providências do sepultamento de sua tia?" Destino é uma brincadeira de esconde-esconde, a chance de ser feliz que ora some, ora reaparece. A morte de Edla significa *bye bye* ao dinheiro certo todo começo de mês; é o fim dos meus parcos rendimentos garantidos por direitos adquiridos. Tanto trabalho. Seguramente tenho alguns meses — talvez muitos ainda — até que a burocracia pública acuse o óbito e o fim dos proventos da beneficiada. Edla está morta e nada sinto além de um frio diante desta notícia. Pois a morte de uma pessoa pode preceder a falência completa de seu corpo — a personalidade do indivíduo tem realidade estritamente mental, e a verdadeira pane é a linguística, aquela que pode desorganizar de cima abaixo a construção abstratamente contínua da identidade pessoal. Este foi o caso dela, depois do AVC. Talvez seja também o meu. O tempo passando e eu enroscado na maldita interdição. Sou o filho que consegue arrancar de uma vez a vida da mãe. Finalmente a inversão e o ponto de gravidade definitivamente sou eu. A relação fundamental, em que o pior de mim vem e se revela — imaturidade e presunção, mesquinhez e desprezo — não me traz qualquer vergonha ou culpa. Agora resta começar. Meu Deus, o quê? Como? Ao menos tenho o nome limpo e um CPF intacto — tudo até aqui está feito como tutor de Edla, com as operações perfeitamente relatadas e aprovadas. Só que a fonte está seca e eu tenho alguns meses de sobrevida financeira. E nada parece fazer sentido e ser digno de realização. Sinto-me morto diante da vida por reconstruir. A única coisa que sei é que continuo um moribundo do amor, um ressentido de paixão. Não, ajoelhar-me diante dele outra vez, não. Não, ele não é bonito... Não é bonito, arranjo coisa melhor, não é preciso fazer drama...................... As diferenças são muito maiores do que a atração me levando a grudar nele, como se fosse uma doença. Não é bonito, e há de envelhecer mal, muito mal... Ah, disso não vai escapar, não há justiça caso escape de se ver assim como estou: velho e degenerado, com este mal que me faz tremer e que me levará por fim a um túmulo qualquer..................... Esta é a lição: apaixonado por um cara em tudo diferente de mim a ponto de derreter a personalidade e deformar a maneira como vejo as coisas, no impulso deste transtorno e na cegueira desta loucura, permito-me agir com a pessoa que mais prezo à maneira de um verdadeiro canalha. Esta é a verdade sobre minha relação com Edla? Não sei dizer. Jamais perdoo algo igual que me façam.......... A vida afasta............... Mas o ódio aproxima: na hora de escolher, ele prefere ir atrás do próprio sonho a seguir nossos interesses tão patentes — e para os quais bem que sirvo —, pois tudo o que tenho a oferecer não é suficiente para ele. Odioso. Não, tudo é muito pior: o que posso dar anula e exclui radicalmente os planos dele. "Preciso sonhar grande, trabalhar realmente duro e assumir riscos." Muito bonito. Agora, não há mais o que fazer. Sinto-me devastado. Devo simplesmente tirá-lo da cabeça, cuidar de mim mesmo e ponto final............ Edla está morta, é preciso providenciar o sepultamento no jazigo da família. Tenho preguiça só de pensar em tudo que é necessário fazer, ainda que o discreto anseio por este dia me seja tão familiar. A morte é o que vai nos acontecer, apenas não se sabe o dia. A consciência que tenho de ir sempre escolhendo, ciente de quão pouco está em minha mão. Minha memória está definitivamente nebulosa. E isto vive mais do que nunca: Edla está morta. Porém há certas coisas que não dá para esquecer. Uma delas, aliás, porque não quero absolutamente esquecer. A beleza quando o vejo pela primeira vez; cercado por milhares de pessoas num teatro... não...... numa espécie de porão para shows.......... um artista... do qual não me lembro... quem, mesmo?... Não sei, não importa: alguém.......... Alguém. Do show, nada lembro — está tudo apagado, morto. Mas olho para ele e o vejo toda vez — um clarão vivo na memória sempre. Ele, naquele instante de juventude — talvez único na vida de cada um —, naquela noite, lindo como a beleza de um luar, estando ali no momento em que o universo todo trabalha cego só para ele e centenas de acidentes colados em acasos urdam-se ignorando o mal que estão prestes a me fazer. E a criação inteira e o tempo inteiro parando para olhar o momento em que algo é percebido em sua inteireza: ele belíssimo diante de mim. Belíssimo. Numa espécie de serenidade, como uma criança que dorme, mas desperto em toda a grandeza da dignidade física que tem. Exibindo-se para mim, mostrando-se como um belo exemplar....... *um* exemplar? Não.............. Nada disso: *o* exemplar........ Exibindo-se como o único... E a beleza dele dispensando qualquer linhagem. Vivo como só um deus pode viver, maravilhoso contra o fundo do mundo — um mar atormentado de pessoas cantando, comandadas pelo astro num palco, uma música ruidosa que não recordo bem; e aquilo vai se estraçalhando aos meus ouvidos, virando uma massa difusa ao fundo, atrapalhando o principal — nada daquilo tem relevância para mim —, apenas o impulso percorrendo os meus nervos numa espécie de fogo frio. Um artista canta, a multidão está voltada para o palco, salvo um único — a verdadeira estrela da noite —, virado para mim, olhando fundo nos meus olhos, sem dizer uma palavra, fulminando dali o meu ser inteiro, com a radiação de uma beleza ímpar........... Sim, naquele instante vejo a barata que sou, ali no assoalho do salão, com todos aqueles pés dançando e ameaçando me esmagar, uma barata prestes a ser fulminada por um jato prateado de inseticida. Mas numa situação dessas, não apenas eu: não há quem se sinta mais do que um coitado,

um miserável qualquer, um desses vermes imundos de olhos estatelados. E ele como um deus que fixa em mim olhos desinteressados e lindos, a atmosfera toda ao seu redor mimando-o descaradamente, ornando-o de uma estola faiscante, separando-o dos simples mortais, a atmosfera querendo protegê-los — tão ínfimos que são — daquele surto profundo da natureza, súbito e fatal, que por acaso ganha todo o engenho a seu favor — tudo existe naquele instante para apresentá-lo em seu fulgor. Ele ali diante de mim em pé. Crescendo mais e mais aos meus olhos, tornado lindo e tudo só para mim: para o meu mal e para uma ruína só minha. E aquele estado de perfeição transcendendo a todos nós, os anões que querem imitá-lo, transcendendo-nos em tudo: no talhe, no porte, nos mínimos gestos, nas roupas — liquidados todos, apenas pela maneira como ele as enfia no corpo, esse jeito único que algumas almas têm de simplesmente dobrar mangas ou alargar decotes com as próprias mãos — na alquimia de cheiros que viram ouro, naquele hálito de vida que a pele dele emana e que extermina todas as demais. Eu o vejo ali, e até a frase em sua camiseta — *kill me please* — conspira contra mim, oprimindo-me em minha inferioridade diante dele. E ele pairando assim, muito acima de mim, alto, sobre as pedras milenares de uma pirâmide, sobre os blocos de um pedestal não seu........................
Pois a glória inculta de um deus assim há de estar a anos luz de qualquer estátua, de qualquer coisa morta, por mais pública e notória que seja. A beleza viva dele naquele instante usurpando qualquer pedestal. E eu ali, aos seus pés. E desde então, existo para a eterna memória de um instante... A forma fulminante de sua beleza, como um

jato cruel que me faz saber e sentir, como um prenúncio de desgraças atrás de si, como um prenúncio de catástrofe..................... Mas tampouco esqueço a cara dele, ao me dizer que vai embora. "Tenho só vinte anos, Anton, e é a minha hora de tentar. Se ficar aqui garanto que não chego além do jovem da zona leste tentando ser um escritor, seduzido por você e confinado nesta gaiola que você nos oferece tão gentil: o hóspede que acaba para sempre na cama, junto ao dono da casa. Não que eu desgoste disto ou não o ame de verdade. Mas não quero passar a vida ouvindo os mesmos casos, tentando refutar sem conseguir as opiniões tão conhecidas que você aprimora com tanto requinte, invisível na minha precariedade diante de você, mas fiel como uma sombra, emudecido pelo colossal estoque de suas pequenas histórias, julgado pelo sentido delicado de sua moral, tentando me reformar de algum modo, procurando me adaptar aos seus objetivos pedagógicos. Não vou passar os dias esperando por mais uma de suas tiradas inteligentes — guardadas depois numa espécie de coleção —, ideias cujo brilho o tempo empana, que nada mais dizem a mim, embora viciem você, que as repete ostensivamente em sua tentativa de entreter alguma roda pesada de tanta bebida, noites em que a conversa vai se esvaindo, esvaindo até o último com paciência de ouvi-lo..................... Não, Anton. Não posso continuar assim. Tenho de tentar. Pode ser que falhe, é possível que não tenha êxito algum, aliás, isto é mesmo o mais provável. Mas eu preciso tentar, pois jamais vou me perdoar se não procurar saber se valho ou não alguma coisa por mim mesmo.".................................. .... Talvez seja exatamente isto que eu precise agora: ver se valho ou não alguma coisa por mim. Todas as bases do meu comodismo estão aniquiladas e há algum custo para que eu me mantenha vivo aqui, no terceiro andar deste edifício. Estou encurralado pela voracidade de minha falhada maturação, e está torrada a fonte do dinheiro que me mantém boiando. A ocasião pede uma autocrítica, mas não sou cínico para tanto. Não há qualquer arrependimento, nenhuma culpa aperta meu coração. A vida é modorrenta e até mesmo a beleza vai se banalizando. Por mais belo que seja o cara, com o tempo ele vai, por assim dizer, normalizando-se. A beleza é uma espécie de fantasma sem cara, um manto transparente de brilho etéreo ora pousando em alguém como uma miragem — encarnada em ser humano, coincidindo com a pessoa, fazendo-a prestes a brilhar e brilhando aos olhos de fato —, ora escondendo-se por trás da feiura do mundo. Mas não esqueço o dia que a beleza viva ganha realidade para mim. A beleza como que grudada por um momento na alma de alguém. E viva de uma forma que nada mais pode ser, superior a tudo — pessoas, lugares — diversa de todos. A beleza é um episódio esparso. A realidade é um turbilhão como o redemoinho interno de uma onda. Submerge-se nela sem pensar, mas é por necessidade que se volta à tona: *na paisagem incolor de almas monótonas, subindo um momento à superfície em palavras velhas e gestos gastos, descendo outra vez ao fundo na estupidez fundamental da expressão humana.* No ir assim *ad infinitum*, algo pode acontecer — uma espécie de contrariedade, única, que se destaca na correnteza a retorcer-se lentamente da vida, salva do nada que se escoa por um ralo de tempo. A be-

leza é uma desobediência lançada contra nós por causa da excessiva docilidade de nossa aceitação da vida. É uma visão sutil — como é sutil tudo o que é deste tipo e que por isso mesmo tende a nos escapar. A beleza é uma espécie de coincidência, nada mais. Uma luz incidindo em algo e libertando-o por inteiro da morte por um exato instante — coisa muito fugaz. Pois a partir do instante único, a beleza começa a separar-se pouco a pouco da pessoa e, à medida que se separa, transforma-se em algo à parte, em uma coisa em si mesma e distinta da pessoa amada — e amada, porque vista bela—, bem como de tudo mais. Graças a deus, na maior parte do tempo, a beleza não coincide com as pessoas. É claro que ela se funde mais fácil em paisagens, sobretudo por ser a natureza uma espécie de luxo do mundo — e a geração natural, o mistério dos mistérios —, e assim a exuberância desse espectro adere-se a ela como uma coisa só, meticulosamente distribuída a ponto de nela banalizar-se mesmo, de tão geral tornando-se invisível. Mas naquele instante, vejo-o como um deus em cópula absoluta com a mais pura beleza. Isto, eu não esqueço jamais...............
...... É assim que surge *a legião dos que tentam se tornar uma obra de arte da alma, ao menos, já que do corpo não podem ser*. E por isso também o mundo está cheio das imundícies que os artistas se esforçam tanto para fazer. Mas a linguagem não foi feita para expressar sentimentos... Bem, não existe diretamente para isso. Mas é uma possibilidade que as mulheres exploraram — e graças a deus de viva voz, não por escrito — pois sempre foram pouco educadas, pois educar uma mulher é um desperdício de dinheiro. E ainda bem que as mulheres não se

dão ao trabalho de colocar por escrito a complexa interpretação que elas têm dos sentimentos — mas se ocupassem o tempo delas obrigadas a escrever tudo o que falam, talvez não lhes sobrasse a eternidade para entulhar de lixo os ouvidos de um homem..
O silêncio é o ornamento maior de uma mulher. Bem, de qualquer modo a linguagem não foi feita para a expressão dos sentimentos. E uma emoção sempre pode ser perfeitamente bem fingida. Embora, em certos casos, combina-se num só indivíduo por sorte a devoção extenuante de aprender um ofício — uma capacidade espantosa de descrever, desenhar, pintar, ou bordar, capaz de produzir um belíssimo exemplar de arte — e o gênio de inventar uma visão, de forjar algo e de dar forma àquilo que os encantados sequer conseguem imaginar, e o espírito então floresce inteiro. Só neste caso, e tendo ainda o espectador recebido todo aquele verdadeiro mar compartilhado de sentidos imagináveis, somente então é concedido ao artista o direito de expressar uma emoção.............................
.... Pois, bem. Se a vida é esta coisa minha, atada a mim e comigo o tempo todo, se é isto que me está agarrado como uma doença crônica, bem... neste caso, morrer é justamente curar-se da doença, e a morte há de ser então uma coisa boa; e morrer, um bem. Bem, quer dizer... não exatamente o bem absoluto — como o instante de beleza do garoto ou a perfeita saúde do homem, por exemplo. (Se a vida está atada a ti como uma doença... tu aí, atenção! a morte é um bem negativo, por assim dizer; uma coisa boa, diante de um cenário tão ruim quanto o teu). Um bem negativo: uma

coisa menos ruim ser preferível à mais ruim: em plena guerra e a ponto de ser esquartejado por um tanque ou espatifado por uma bomba, ser preferível morrer pela bala certeira de um atirador de elite. Apenas isto: ser melhor a falência dos órgãos com a velhice do que a ardência dos órgãos com o fogo. Afirmo que nada pode ser pior que queimar — e refiro-me ao queimar do próprio corpo: neste instante, um fogo real ardendo tudo realmente, inclusive eu. Dizem que não há tormento da consciência que seja mais realmente dor que a dor de parto...
... Pois então digo que morrer é curar-se de um tipo de doença em que muitas vezes a própria vida é transformada. Digo isso, pensando sobretudo em mim — sem qualquer traço de pudor ou vergonha —, ciente de ser o que sou: alguém para o qual a mudança é uma necessidade — mudança de hábitos em geral, com o que qualquer um há de concordar, a começar por mim. Alguém que deve — embora não sei se mereça — ser reformado, este sou eu. Alguém que percebe definitivamente o próprio malogro, embora queira muitas vezes enganar-se com a crença esfarrapada de que nele, em si mesmo, o bem prevalece e predomina. O bem..................................
.... Diz um escritor que todo reformador é um evadido — não se pode dizê-lo melhor.....................
.... *impotente de reformar-me a mim mesmo, tornei-me um reformador dos outros e do mundo*........... A vida é isto atado em mim o tempo todo. Mas o sentido da vida, ora me escapa de vez, ora me vem como a luz de um luar. Aí então, acordo à hora que devo acordar e, exceto por uma ligeira dor lombar — com a qual convivo de maneira perfeitamente salutar —, uma rigidez nos tornozelos e

uma sensibilidade nos calcanhares ao pisar pela primeira vez o chão, tudo se dá como tinha de ser até o momento [e dou a primeira risada só de imaginar a tarefa que tenho pela frente]. Há sempre uma meta, seja ela qual for — fazer um novo retrato para Anton Blau, por exemplo, um sujeito que precisa reinventar-se. Mas a atitude é o que sempre depende de uma atitude anterior, infelizmente. E nesta redução, justamente se perdem os perfeccionistas: faltam doze minutos para as oito da manhã, decido que a primeira coisa a fazer é arrumar esta mesa, dispor os papéis com elegância nos lugares que lhes são próprios — e só aqui já existe um universo inteiro de perversões e manias possíveis —, ligar o computador, e só quando tudo estiver pronto, então começo: ora, mas primeiro preciso encontrar o lugar para pregar este novo calendário companheiro da jornada — e assim, perambulo pelos cômodos em claro/escuro, como num sortilégio que faça se revelar a mim o lugar exato — epifania que acontece no coloquial "é aqui" — mas agora me falta um prego neste exato lugar desta parede: deste ponto em diante, estou em plena rota de Edla: pois a morte dela paira neste instante diante de mim. Tudo está aqui, mas decaído; e o sentido disto tudo, sustentado por um único prego....................
.... Assim é o mundo: monturo de forças instintivas..... Não, não são essas as palavras dele... mas prefiro continuar assim........ vejamos......... aqui está: *o monstro imanente nas coisas tanto se serve — para o bem ou o mal que lhe são, ao que parece, indiferentes —* ... da deslocação de uma partícula captada pela retina ou da deslocação de um desejo captado pelo coração. Bate uma luz e nisso uma personalidade inteira é derretida; bate um ardor

e a onda de paixão faz ferver o cabo e o rabo e nisso uma pessoa é concebida. E no espaço de vírgulas, muita coisa deve acontecer — um esperma unir-se a um óvulo e um cara foder outro cara... onde está a diferença? *Um pedregulho cai, e mata um homem; a cobiça ou o ciúme armam um braço, e o braço mata um homem. Assim é o mundo, monturo de forças instintivas...*
.... Amém.................... É tudo o que tenho a dizer: amém....... Não esqueço também da fisionomia dele se modificando diante de mim enquanto digo que é evidente que aquilo é um exercício para alguma coisa maior, uma mera preparação. E ele aí de um minuto ao outro passa da palidez mais profunda para um cintilar de ódio nos olhos, incendiados por alguma mágoa que se irradia como um rastilho quente, subindo, mas que não encontra suas palavras, e é assassinado por sua própria vontade de ter algo que não tem para dizer. De fato, ele quase nunca tinha algo interessante a dizer. A coisa mais difícil para a personalidade é ser una. Eu mesmo sou uma pilha alta e titubeante de acidentes, hábitos sem maior consistência além de serem os meus. Até que vem um jovem belo e sopra a montanha de camadas e papéis que sou eu e vai tudo pelos ares: nada pode ser distinguido de nada, tudo desfeito num monte de folhas cuja velha ordem torna-se de todo impossível. O tempo é um fluxo de apagamento — o momento existe porque apagou o momento precedente — e o presente é a realidade do consequente — pois à parte das consequências, o passado é tão irreal quanto o sonho e o futuro. Mas discordo de quem pensa ser o presente apenas o limite desses dois, nem tendo extensão e nem duração. O pre-

sente é a absoluta duração do extenso — e é só isto que existe efetivamente. O tempo é vertical. Os eventos estão em pé de igualdade neste instante. Tudo o mais é fantasmagoria. Não há eixo, não há perímetro, não há voz intelectual própria. O trabalho é um conjunto de camadas. Assumir então esse estado abertamente. A vida tem o limite de nossas possibilidades. Suspeito que este seja apenas um capítulo colhido ao acaso na pilha de instantes que é a vida de Anton Blau.

Posfácio

Não vou me alongar, apenas por ser o único que tem tempo a perder. O leitor decerto não tem infinita disposição para ler. Este livro é curto para não desagradar o jovem, tem as letras grandes para não desanimar o idoso, traz desenhos para distrair o apressado e procura ser claro para facilitar quem tem pouca imaginação.

Se as vendas por destino trouxerem algum lucro, que o valor seja emprestado a Will por tudo o que lhe cabe na história.

Vou colocar agora o ponto final. As horas passam e me decompõem internamente.

O jornal daqui a pouco chega. O dia está lindo e chama por mim.

Sobre a autora

Maria Cecília Leonel Gomes dos Reis nasceu em São Paulo em 1956. É professora na UFABC, com doutorado em Filosofia pela Universidade de São Paulo e graduação em Artes Plásticas pela Fundação Armando Álvares Penteado. É escritora e tradutora, tendo vertido do grego o tratado de Aristóteles, *De Anima* (Editora 34, 2006), trabalho que recebeu menção honrosa no Prêmio União Latina de Tradução Especializada. Também pela Editora 34, publicou em 2008 sua primeira obra de ficção, *O mundo segundo Laura Ni*, romance finalista do Prêmio São Paulo de Literatura.

Este livro foi composto em Sabon,
pela Bracher & Malta, com CTP da
New Print e impressão da Graphium
em papel Pólen Soft 80 g/m² da Cia.
Suzano de Papel e Celulose para a
Editora 34, em dezembro de 2011.